Damarlarına kadar işlemiş günahlara mukabil,
sana şah damarından daha yakın olduğunu söyleyen
bir Rabbin var.

Hayykitap - 399
Edebiyat - 37

Benden Vazgeçme Ya Rab
Mehmet Yıldız

Kapak Tasarımı: Ahmet Öztürk / www.ahmetozturk.web.tr
Sayfa Tasarımı: Turgut Kasay

ISBN: 978-975-2477-05-6
1. Baskı: 31.000 adet, İstanbul, Nisan 2017
30. Baskı: İstanbul, Aralık 2025

Baskı: Yıkılmazlar Basım Yay.
Prom. ve Kağıt San. Tic. Ltd. Şti.
15 Temmuz Mah. Gülbahar Cad. No: 62/B
Güneşli - İstanbul
Sertifika No: 45464
Tel: 0212 630 64 73

Hayykitap
Anadolu Hisarı Mah. Sine Sk. No: 45/1
Beykoz 34810 İstanbul
Tel: 0212 352 00 50 Faks: 0212 352 00 51
info@hayykitap.com
www.hayykitap.com
facebook.com/hayykitap
twitter.com/hayykitap
instagram.com/hayykitap
Sertifika No: 12408

Benden Vazgeçme Ya Rab

Mehmet Yıldız

........./........./...............

Mehmet Yıldız

Hayatınızın keyifli geçtiğini zannettiğiniz günlerde, bir bakmışsınız Firavun misali bir adam oluvermişsinizdir. İşte böyle yaşarken bile kalbim daraldığında, çevremde kimsenin elinin kalbime yetmemesi kalbimi yapan sanatkarın arayışına itiverdi beni.

İyi ki de itmiş, elhamdülillah ite kaka bulduk bu yolu. Sonra kader diğer sürprizlerini tecelli ettirmek için benim biletimi İzmir'e kesmiş meğer...

Ege üniversitesinde matematik bölümünü bitirdikten sonra ise ikinci meslek olarak matematik öğretmenliğine başlamıştım. İlk mesleğim mi? Rabbimi tanımak...

Mersin'de birkaç üniversiteli gencin birleşerek, bir bebeğin annesinin meme musluklarından beslendiği gibi, Risale-i Nur'un iman hakikatlerine doyurduğu musluklardan beslenerek serüvenimiz başladı. Sonra dertlenmeye başladık... Bildiklerimizi, bilemeyenlere bildirmek için dertlenmeye...

Allah(c.c.), kader planında bu acı ile kıvranan birkaç arkadaşla denk getirince 300 metrekarelik bir mekânda sosyal medya kullanarak milyonlarca insana ulaşmaya vesile olduk. Demek bizim gibi kusurlu adamlar bile bu eserlerle bu hâle gelebiliyormuş! Yaptığımız sohbetleri YouTube, Facebook, X, Instagram gibi sosyal medya araçlarını kullanarak birçok kardeşimize ulaştırmaya çalıştığımızdan, birkaç yıl içinde bir de baktık milyonlara ulaşmak nasip olmuş. Bize gelen binlerce mesajda, bizleri tıpkı kendileri gibi gördüklerinden ve kendilerinin de bu işleri yapabileceğine güven duymaya başladıklarından bahsediyorlar. Kısa bir süre zarfında milyonlara ulaşınca anladım ki, Allah(c.c.) bizim gibi küçükleri böyle büyük işlere vesile ederek kendi büyüklüğünü gösteriyormuş...

Bu güzel yolda güzel projeler yapabilmek için ömrümüzün sonuna kadar mücadele etmeye niyetliyiz.

Ve sizin hayat hikayeniz de...

Şayet benzer cümlelerden dem vuruyorsa, sizleri bir gün Hayalhanem'de karanfil kokulu demli çayımız ile bekliyor olacağız.

Sosyal medya:

youtube.com/hayalhanem
X.com/mehmedimyldz
instagram.com/mehmedimyldz
facebook.com/mehmedimyldz
www.mehmetyildiz.org.tr

Hayykitap'tan yayımlanan kitapları:

Bu Kitabı Sakın Okuma!, Ekim 2019
Başlarım Senin Aşkına, Kasım 2018
Benden Vazgeçme Ya Rab, Nisan 2017

Herkes aynı anda geceyi yaşar,
ama herkesin karanlığı farklıdır.

Kimi Zamana Bıraktı, Kimi Şansa Bıraktı, Ben Sana Bıraktım Ya Rab!

Gözleriniz bu satırlardan akıp giderken, beyniniz matkapla delinmiş kadar acı verecek size. Kalbinizin dört odacıklı haznesinde nefsinizin pençelerine yakalandığınız her günden bir haber getireceğim. Kozlu bir ateşte demlendikçe, bu sayfalara rengini siz vereceksiniz. Belki de bundandır her sayfada size sunulan zeminlerin renksiz olması. Şimdi ayağını çarpıp düştüğün taşlardan sıyır bedenini, can havliyle "Allah" deyişlerine kitlen. Bilincin açık, ruhun bulanıkken, artık hazırız satırlar arasında gezinmeye.

Yara bere içinde kan pompalarken kalbin, bir de sen çıkıyorsun başına bela. Kim kime emanet edilmişti unutuyor ve kimlik kaybı yaşıyorsun. Kanamak, susamak bu olsa gerek ki her bir kan akışında damarların arındıkça yeni yaralarınla sığınacak hem senden bir parça hem de senden uzak bir sen arıyorsun. Kalbinin dört odacıklı haznesinden şimdi bir yer seç ve nefsini misafir yapmak için temizle oraları. Ev sahibi gibi ağırlamamalısın, el gibi de davranmamalısın. Sahiplenmemeli orayı diyorum çünkü unutmamalısın, her an seninle savaşmaya meyilli, her an kırıp dökmeye hazır ve biliyor musun, sen aslında ondan çok farklısın, senin kalbin başka, senin bakışların başka, senin fıtratın başka, sen çok farklısın.

Geceleri kendine yol edindiğin zamanlardan kalma düşüncelerin birinde yaldızlı bir defter sunuyorum sana. Üzerinde kendi adının varlığını düşün. Sana ait ve senin için düzenlenmiş her şey orada. Hem içim yanıktır benim, yana yana dizdiğim gecelerden biraz da senin için kelimeleri cümlelere dost edeceğim. Tam da bu yüzden konuşmamız gereken önemli bir mesele var.

Başına bir bela gelir, bir imtihana tutunursun, sevgilinden ayrılırsın, ders notların düşer, dostlarınla aran bozulur diye korkuyor musun Allah'tan(c.c.)? Cevabın evet ise zihnine bir bant hediye edebilirsin. Allah'ı(c.c.) kırmaktan korkmayan bir beden ne diye nefes aldım sayar ki ömrüne her bir dakikasını. Her fırsatta Allah'a(c.c.) başkaldıran şeytan gibi, yaratılış sebebi kibriyle örtüşmedi diye büyüklenen şeytan gibi Allah'tan(c.c.) korkmamak bir ömrün en büyük belası olmuştur zaten. Allah'tan(c.c.) korkmayı öğrenen nazik insanlar kıvamına gelene kadar önce neden Allah'tan(c.c.) korkmamız gerektiğini öğrenmemiz gerekir. Şimdi düşünün, en yakın arkadaşınızı öyle seviyorsunuz ki onu kaybetmek bir yana, incitecek bir söz, bir hareket dahi yapmak istemiyorsunuz. Adımlarınızı ince ince atarken bir anda aranızdaki tüm bağ, tahammül edemeyeceğiniz en büyük sebeplerden dolayı son buluyor. Artık ne hareketlerinize dikkat etmek istersiniz ne de cümleleriniz onun için zahmet buyursun istersiniz çünkü artık aranızdaki muhabbet bitmiştir. Şimdi soruyorum sana, Allah(c.c.) ile konuşmayı bırakırsan nasıl Allah'tan(c.c.) korkabilirsin ki? Muhabbetine son verdiğin fani bir dost elinde bile her şeyin değişir iken, Allah(c.c.) ile uzaklaştığın muhabbet saatlerinden sonra korkmayı nasıl bekleyebilirsin? Rabbin ile aranda iletişim olmaz ise nasıl acizliğini anlayabilirsin ki? İşte bu yüzden, muhabbetini Hakk'tan çeviren bir kişinin fakrını anlaması, yani sürekli yenilenen ihtiyaçları olduğunu anlaması beklenemez. Bu insanın muhabbetinden Allah'ı(c.c.) çıkarttığı anda içinde oluşacak boşluk uzay boşluğunda dahi yoktur. Şimdi iyi de Allah(c.c.) ile bu muhabbet, bu konuşma nasıl olacak diyor olabilirsin. Cevabı çok kısa ve net. Biz buna ***dua*** diyoruz ve eğer gerçekten samimi bir şekilde, ayın yeryüzüne nurdan parıltılarını döktüğü saatlerde belki işini bölerek, belki uykularını bölerek dua etmemiş isen, edemiyor isen, yeteri kadar ehemmiyet veremiyorsan, üstüne basa basa hatırlatırım ki içinde bulunduğumuz bu hayat duasız yaşamak için hiç de elverişli değil. Kışın ortasında dışarıya yazdan kalma bir tişört ile çıkmamayı akıl edebilen sen, her an çırpınmakta olduğumuz, hatta batmamak için debelendiğimiz bu hayat okyanusunda önlemini nasıl almazsın ki?

Aynı yolları yürümüş insanlar kaldırım taşlarının sayısını bilebilir. Bu yüzden zihninden geçenleri çok rahat görebiliyorum, şimdi düşünüyorsun, e iyi hoş, dua ediyoruz da kabul olmuyor ki. "Kabul olmayacak duaya amin denmez"cilerden misin sen de? Tamam, haklısın, dua ediyoruz ve bazıları kabul olmuyor belki de birçokları, ama neden? Gel şimdi birlikte ellerimizi açalım ve şöyle bir dua edelim, "Ya Rabbi bizi havaya uçur!" Aramızda evliya olan biri varsa onu bilemem ama hiçbirimizin havaya uçamayacağı görünen köy tarafında. Bir dua daha etsek ve, "Ya Rabbi hepimizi altına çevir." desek. Bak bu duamız da kabul olmadı. Ancak Allah(c.c.) ayette diyor ki, *"Bana dua edin, size cevap vereyim."* Tamam, bunlar işin hikmetsiz, latife kısımlarıydı ancak hayat yolculuğumuzun pas tutmuş anılarına bakarsak birçok duamızın kabul olmadığını görmek hiç de zor olmayacak. Madem ayette her duaya cevap veririm deniliyor neden benim birçok duam kabul olmuyor? Burada devreye Üstad Bediüzzaman Said Nursî giriyor ve diyor ki,

"Cevap vermek ayrıdır, kabul etmek ayrıdır."

Mesela biri gelse sana dese ki, "Saatini bana verebilir misin?" Ve sen de desen ki, "Hayır!" E ne oldu şimdi? Cevap verdin ancak kabul etmedin. Allah(c.c.) ayette ne diyordu? Bütün dualara cevap vereceğini müjdeliyordu. Bediüzzaman Said Nursî devam ediyor:

"Her dua için cevap vermek var, fakat kabul etmek, hem ayn-ı matlubu vermek" yani senin istediğin talebi aynıyla vermek *"Cenâb-ı Hakk'ın hikmetine tâbidir."* Demek ki burada işler faydaları gözeterek oluyor. Allah(c.c.) tüm işleri hikmetle yapıyor. Peki Allah'ın(c.c.) hikmeti nedir? Her şeyin bir işleyiş mekanizması bir metodolojisi var. O zaman bizim bu noktada "Allah(c.c.) dualarımızı neye göre hangi mekanizma ile cevaplandırıyor?" diye düşünmemiz gerekiyor. Çünkü her şeyin metodolojisi olduğu gibi Kur'an'ın da bir metodolojisi var. Bize sunduğu örnekler ve güçlü tasvirleri var. Risale-i Nur da Kur'an'ın bu asra bakan bir tefsiri olduğundan meseleyi bize hakikat örnekleriyle açıklayacak ve biz bu örnekleri kalp odacıklarımızda sindirdikten sonra meseleyi anlamış olacağız.

"Meselâ: Hasta bir çocuk çağırır: 'Ya Hekim! Bana bak.' Hekim 'Lebbeyk' der. 'Ne istersin?' Cevap verir." Burada bir başrol

karakterlerimiz var, yani bir çocuk bir de hekim var. Çocuk hekime sesleniyor ve hekim de Lebbeyk, yani emret, ne istersin diyor. *"Çocuk: 'Şu ilâcı ver bana' der. Hekim ise..."* İşte burada olayın en can alıcı kısmına geldik, çocuk diyor ki, şurada duran ilacı bana ver. Mantıken düşünürsek, ilaç ne yapar? Şifa verir. Ancak, *"Hekim ise, ya aynen istediğini verir yahut onun maslahatına binaen ondan daha iyisini verir."* Şu anda üç ihtimalin içerisine girdik. Birinci ihtimal olarak Hekim çocuğun istediği ilaçları aynen verecektir. Mesela çocuk kanserdir ve der ki "Şu kanser ilacını bana ver.", hekim de verir değil mi? Yani burada bir matlup, talep oldu, Hekim de aynen istediğini verdi. İkinci ihtimal ise *"Yahut onun maslahatına binaen ondan daha iyisini verir."* Mesela çocuk gitti grip olduğunu söyledi ve bana kanser ilacı ver dedi, şimdi doğru oldu mu? Olmadı değil mi? Hekim kanser ilacı verirse çocuğa hiçbir faydası olmayacaktır. Üçüncü ihtimal ise, *"yahut hastalığına zarar olduğunu bilir, hiç vermez."* Mesela bazı takıntılı hastalar vardır. Hiçbir sağlık sorunları olmadığı hâlde doktora giderler ve ısrarla bir ilaç yazmalarını söylerler. Doktor da Plasebo denilen bir ilaç verir, yani şeker gibi bir şey. İçinde iyileştirici hiçbir etken yoktur. Sadece hastanın takıntısı gitsin diye o ilaç yazılır. Dikkat ettiysen, burada doktorun ona ilaç vermemesi daha sağlıklı, daha doğru bir maslahat oluyor. Ancak kişi takıntılı olduğu için, ilaçsız tedavi olamayacağına kendini inandırdığı için böyle bir ilaç veriliyor ona. *"İşte Cenâb-ı Hakk, Hakîm-i Mutlak hazır, nâzır olduğu için"* yani geçmişi, geleceği, şimdiyi aynı anda ihata edip, bütün bu sistemi aynı anda kusursuz dizayn ettiği için, *"abdin duasına cevap verir."*

Demek ki bizim duamıza şu üç şekilde cevap veriliyor, Cenabı Allah ya istediğimizin aynısını veriyor ya da Allah(c.c.)

eksik bir dua ettiğimizi bildiğinden istediğimizi daha faydalı bir şekilde veriyor ya da kendimiz için belayı istediğimizi bilmediğimiz hâlde ısrar ile dua ederken Allah(c.c.) merhametiyle bizi koruyor ve vermemek daha faydalıdır diyor. Vermeyerek de bize cevap vermiş oluyor. Mesela düşün ki bir sahranın ortasında, güneşin altında kalmışsın, çaresizlikten öyle çok koşturmuş ve yorulmuşsun ki bir yudum suya dahi talipsin. Tam halsizliğin had safhaya ulaşmış iken elinde bir kap su ile biri geliyor. Sen ısrarla o suyu istiyorsun. Ancak o kişi sana diyor ki, hayır, bu suyu sana veremem. Sen isteme şiddetini daha çok artırıyorsun, artık bitkin düşmüşsün. O, sana işin hakikatini anlatmak için suyun tuzlu olduğunu, denize ait bir su olduğunu söylüyor. Eğer ilk istemende sana verseydi, o sıcağın altında içeceğin tuzlu su genzini daha çok yakacak, seni daha çok susatacaktı. Aynen öyle de, göremediğimiz nice merhamet ve hikmet perdeleri altında Allah(c.c.) bize, bizler ısrarla ister iken, ısrarla cehennem yollarını döşemek için taşlar dilenirken, sen Benim kulumsun, Benim için özelsin diyor ve vakti gelince sana daha iyisini vermek için şimdilik vermiyor.

İç hesaplarımızla heybemize iyi ki kabul olmamış dediğimiz dualarımızı toplarken şimdi konunun ayrıntısına inelim. *"Vahşet ve kimsesizlik dehşetini, huzuruyla ve cevabıyla ünsiyete çevirir. Fakat insanın hevaperestane ve heveskârane tahakkümüyle değil."* Algımızı biraz gerçeklere çevirirsek göreceğiz ki, dua dua diye içimizden geçenleri dökerken bize çok faydasız olacak dualar ediyoruz. Bir matematik öğretmeni olduğunuzu ve yıllardır iş yerinizden evinize kadar bir algoritma yazdığınızı varsayalım. Yazdığınız algoritma çok sağlam olsun ancak bu algoritmada tek bir noktalı virgülü unutmuş olun, iş yerinizden evinize kadar yazdığınız algoritma bir hiç hükmünü alır ve kesinlikle çalışmaz. Buna algoritmanın kırılması deniliyor. Yani en ufak bir kusur olduğunda algoritma çöküyor ve yıllardır yaptığınız çalışma bir çöp hükmüne geçiyor.

Şimdi başımızı kaldırıp şu kâinat kitabını gezmeye çıksak işlerin nasıl ilerlediğini anlayabileceğiz. Gezinti sırasında, yıldızlardan seyyarata kadar tespih taneleri gibi dolaşan 400 milyar Samanyolu galaksi yıldızına kadar hepsinin kusursuz nizam ve intizam içinde hareket ettiğini göreceğiz. Bu zamana kadar hiçbir problem yaşanmadıysa, demek ki işin içinde kusursuz bir algoritma var, değil mi? Evet, kesinlikle vardır. İşte bu kusursuz algoritmayı yazan Allah(c.c.), geçmişi, geleceği ve şimdiyi ihata ederek bunu yazıyor. Üç gün önce ne yediğini unutan bir varlık olduğunu da göz önüne alırsak, iki gün sonra sana ne olacak desem cevap veremeyeceksin. İşte burada anlamalısın ki, seni yoktan varlık sahasına çıkartan, sen bir hiç iken sana varlık kazandıran, kazandırdığı varlık ile koca kâinatı emrine veren, geçici olmasına rağmen kısa ömründe sana çeşit çeşit nimetlerle mest olma zevki yaşatan Rabbin, bir zahmet bırak da senin için seçtiği, verdiği ya da vermediği daha hayırlı olsun! Üstad az önce demişti ki bize, *"Fakat insanın hevaperestane ve heveskârane tahakkümüyle değil."* Yani biz öyle bir hevalı istiyor ve mesela diyoruz ki, "Allah'ım bana bu üniversiteyi ver ya, Allah'ım bana bunu vermen lazım, bak bana şöyle yapman lazım vb." Diyelim şiddetle istediğin üniversiteyi Allah(c.c.) sana aynı hâliyle nasip etti, bir gittin ki ortam beklediğinden de farklı. Okumak için adım attığın yerde şimdi keyif için varlığını göstermeye çalışıyorsun. Namazlarını kılan biriyken artık çakışan ders saatlerinde sana daha da zor geliyor, kahkahalarla kurduğunuz arkadaş meclisi masasından duyduğun ezanlar sana daha ağır geliyor ve namaza kalkmaların artık ertelene ertelene sadece farzlara yetişiyor. Yeter mi, hiç yetmez. Artık o farzlar da senin için bir ağırlık oluyor ve önce elinden namazın gidiyor. Namaz gittikten sonra ne gider? Elbette en önemli esas olan, İMAN gider, iman... Oldu mu şimdi? 20 yıllık gelip geçici hayatın için sonsuz bir ahiret hayatını yakmana değdi mi? Değecek mi? Öyle çok örnek var ki bu konuda ama hepsinin sonucu da aynı kapıyı çalıyor. Demek ki senin istediğinin sana verilmemesi, aslında verilmesi oluyor. Mesela o çok istediğin iş için daha yüksek bir iş verilseydi belki nefsine ve hevana uyacaktın ve bu faydaları elde edemeden göçüp gidecektin bu handan. Belki bugün bu satırları okuyor olmayacaktın. Ben üniversite diyeyim, iş diyeyim sen şiddetle isteyip de elinde olmayan ne varsa tamamla bu satırları. Tamamladığın her bir duan için de düşün, ahiretini yakmana gerçekten değer miydi?

Demek ki Allah'ın[(c.c.)] başka türlü vermesi ya da o an vermemesi esasında zahirde görünenden çok daha başka bir hayırlı verme oluyor. Ama bizler hevamıza kanıyoruz. Kandığımız için de kapanmış gözlerimiz ile verilen hayrı buyur edemiyoruz. En çok kandığımız konulardan bir tanesi de eş olarak çıkıyor karşımıza. Ama bir düşünelim, yani Cenabı Allah'ın[(c.c.)] istediğin eşi sana verdiğini düşünelim. Başrolde sen varsın ve aylık yaklaşık 1.000 TL-1.500 TL maaşlı bir çalışan olsan, hanım dese ki bana söz verdiğin 50.000 TL'lik arabayı illa alacaksın, başka yolu yok mutlaka alacaksın. E sen de zamanında ölmüştün o eşin olsun diye, "Allah'ım ne olur evlenelim de ne olursa olsun!" diye dua da etmiştin. Şimdi istediği arabayı almak için çektiğin kredi ile faize bulaşacaksın. Diyelim ki çektiği kredi 80.000 tl olsun. Aylığı kaç liraydı 1.500 TL, 500'ünü eve harcadığını, diğer 500 ile kendinin, eşinin temel ihtiyaçlarını karşıladığını düşününce ne kalıyor cebinde geriye? 500 TL! Bu kalanı nereye vereceksin, elbette arabaya. Kaç ay diye sormayalım bile, tam 160 ay! Alsalar koysalar bu hâlde seni banka reklamına faiz falan kalmaz. Oldu mu şimdi istediğin duanın neticesi 160 ay? Çünkü sen Allah'a(c.c.) iman etmedin, Allah'a(c.c.) biat etmedin, Allah'a(c.c.) kul olmadın ki. Gittin körpe bir sevdaya kul olmayı seçtin, gittin 160 ay boyunca bankaya kul olmayı seçtin. Mantıklı oldu mu? Değdi mi? Battığın haram faiz bataklığında, battığın fanilere kul olma çamurlarında huzur mu bekleyeceksin o evden? Rabbine eğemediğin baş sana eşinde yar mı olacak sanırsın? Mezara çevirdiğin o evden hangi parıltıyı bekleyeceksin? Yaşayan bir ölü olmak için mi çabalayacaksın? Hepimizin gençlik, hoyrat zamanlarında böyle bir talebi olmuştur. "Allah'ım(c.c.) onu bana ver, yeter ki ver sonra elimde başka ne varsa alıyorsan al" diye... Ancak demek ki Cenabı Allah bizler şiddetle isterken, talebinde bulunduğumuz o yasak, haram sevdayı verseydi şu an bu satırları okumuyor olabilirdiniz.

"Belki hikmet-i Rabbâniyyenin iktizasıyla ya matlubunu" ya istediğini verir hikmete göre *"veya daha evlâsını (daha iyisini) verir veya hiç vermez."* Peki, sizce bizim oynadığımız şu oyunda acaba eksiğimiz, kusurumuz nerede? Şimdi size bir cümleden bahsedeceğim ama oldukça teorik bir cümle, işte o zaman bizim eksiğimiz nerede ortaya çıkacak. *"Hem, dua bir ubudiyettir."* Demek ki dua etmek bir kullukmuş, yani sen dua ederken lütufta bulunmuyorsun! Bu senin kulluk vazifen. Bir işyerinde patron olduğunu düşelim, çalışanların iş emirlerini senden almaları, işlerin tam ya da eksikliklerini sana bildirmeleri bir lütuf sayılabilir mi? Verdiğin ücrete mukabil çalışmaları için işe aldığın o kişilerin sana bir lütufta bulunuyormuşçasına davranmasına karşı ise tek bir açıklama hakkı vermeden muhtemelen işten kovarsın. İşte duayı, haddimizi aşarak lütuf

olarak varsaydığımız zaman, belki bu hadsizliğe kovulduğumuz huzur kapısından dolayı düşüyoruz. Ölüp gitsen yasının bile bir ömür sürmeyeceği insanlara birçok sebepte bel bağlar iken Rabbine karşı haddini aşmış oluyorsun!

Ve ikinci cümle geliyor, *"Ubudiyet ise semeratı uhreviyyedir."* Yani meyvesidir. Peki, burada bahsi geçen meyve nedir? Ürünü almak için ne yaparız, tarlayı ekeriz, biçeriz, sonra da ürünü alırız. İşte dua, bir kulluktur. Kulluğun neticesi ise dünyada belli olabilir mi? Kitabı sağımızdan mı solumuzdan mı alacağımız nerede belli olacak? Elbette ki ahirette. Demek ki kulluğun neticesini ahirette göreceğiz. Yani senin, talebinin neticesini sonsuz bir hayat içinde talep etmen lazım. Ancak sorun da tam bu ki, biz öyle yapmıyoruz. "Ya Rab bana en iyi futbolcunun bacağından ver. En lüks yatlardan birini nasip et." gibi dualar ediyoruz. Sebep ne peki? Ne işimize yarar? En iyi futbolcunun bacağının ahiretimiz ile nasıl bir ilişkisi olabilir ki? Cehenneme düşsek oradan kaçarken mi lazım olacak, Allah'ın(c.c.) huzuruna dünyada utanmadan girdiğin günahların hesabını vermeye gidiyorsun dendiğinde kaçmak için mi işimize yarayacak? Sanıyor muyuz ki kaçabileceğiz! Tek sorun bizim dualarımız. İstediklerimizi ahiret namına istemiyoruz. Demek ki sorunumuz çok ciddi. Şefkat abidesi olan annelerimiz mesela birçokları misalen, Allah'ım(c.c.) benim evladımı doktor/mühendis/öğretmen yap diye dua ediyor. Baktığımızda, buraya kadar edilen dua kâfi midir? Asla ve asla değil. Sadece istediği mesleklerden birini etse bunun semeresi, yani meyvesi ahirete bakabilir mi? Bakamaz! Rica ediyorum çevrenize şöyle bir dikkat ederseniz, hatta başta kendinize dikkat ederseniz, duaların ne kadarının ahirete bakıp bakmadığı konusunda dehşete düşebilirsiniz. Anladık ki bizim taleplerimizin de, ettiğimiz duaların da ahirete bakması bir kulluk vazifesi. Peki, ahirete bakıyor mu? İşte bunu gece sessiz bir ortamda seccadenizi sermişken baş başa Rabbinizle konuşun.

Belki bazıları diyecek ki, "Geceyi uzatan karanlığın süresi değil, yaranın sızısıdır. Bunları anlatmana ne gerek vardı?" Ama ben onlara inat diyeceğim ki, kimi şansa bıraktı, kimi zamana bıraktı, ben dua ettim ve Sana bıraktım Ya Rab! Açmaz sandığım dallardan bitirdiğin her bir yeşil sanatına hayran hayran bakarken, Sana bıraktım. Gaflet bataklıklarında kokuşan bir vücut olmuşken, ayağımı çarptığın taş ile yoluna yöneldim de Sana bıraktım. Kimi sebeplere bel bağlamışken, dünyayı kendine yoldaş saymışken, gerçekler bir sır perdesi olmuşken ben bir Sana bıraktım, ben bir Sen diye yandım da Sana bıraktım geldim Allah'ım[(c.c.)]...

Hâlâ bu dünyanın adına şiirler yazılan sokaklarında
geziniyorsan müjdeler olsun, sıkı dur,
sana harika bir haberim var. Ne şiirler, ne sözler...
Sana özenle inmiş ayetler var!

Rabbini Hiç Böyle Tanımış mıydın?

Esip giden rüzgârın dalgaları arasında savrulmuşsanız, siz de bir yerlerde dinlenecek bir köşe mutlaka aramışsınızdır. Köşeyi bulana ne âlâ ama ya bulamayana? Bulamayıp da bir yudum suda boğulmaya ramak kalana yok mudur bir çare? Tutunduğu dallar kırıldıysa, düştüyse eğer, düşeceği bir beton bile yok ise ne olacak şimdi? Sonsuzlukta çırpınmaktan başka ne karşılayabilir ki onu.

Hayal etmenizi rica ediyorum... Bir boşlukta düşmek için çabalanan, debelenen, çırpınan o hâli hayal etmenizi rica ediyorum. İnsan düşmek için nelerini feda etmez o anda. Durmadan bir yerlere tutunma kargaşasında olan bir insanın gözü ne görür ki zaten. İşte böyle bir hâl içerisinde, çakıldığı bir zemin bulsa nimet sayacaktır. Onun için yere çakılmak bir nimet olacaktır.

Kim bilir, belki ne kadar hızlı çakılırsa bir o kadar da yükseğe tekrar sıçrayabilecektir.

Hani hep diyorlar ya, "Azizim devir çok değişti" diye, şöyle bir bakıyorum da, ah be azizim devir gerçekten çok değişmiş. Ağaçtan bir elma almak için dalını kıran ne çokmuş. Bir elma için kırdığı dalın bir daha meyve veremeyecek olması kimin suçu şimdi? Vicdanlı yüreğinize bırakıyorum bu cevabı.

Bizim arayıp durduğumuz o köşede, sığınağımız da tek bir yoldan geçiyor. Rabbimizi tanımak! Her yerde ve her şeyde tanıyabilmek. Mesela kullandığınız telefonunuzun özelliklerini tanıyorsunuz ve size aynı markayı almak isteyecek biri "tavsiye eder misin?" diye sorduğunda kaç cümle ile anlatıyorsunuz? Mesela okulunuzu, ailenizi, giydiğiniz kıyafetin markasını, yürüdüğünüz yolları kaç cümle ile anlatabiliyorsunuz. En can alıcı soruyu soruyorum, kendinizi kaç dakikada ve kaç cümlede anlatabiliyorsunuz? Bunu lütfen deneyin, kendinizi kendinize tam da şu anda anlatın. Hiçbir özelliğinizi atlamamaya dikkat edin. Sonra okumaya kaldığınız yerden devam edersiniz.

Bunların hepsine cevap vererek buraya kadar ulaştıysanız, şimdi gerçek soruyu soruyorum, "Siz Rabbinizi tanıyor musunuz?" Ya da şöyle sormalıyım, "Rabbinizi birkaç cümleden öte anlatabiliyor musunuz?"

Kendinizi öve öve anlattığınız o uzun paragraflar kadar Rabbinizi anlatamadıysanız sebeplere takılıp kalmış, su içtiğiniz bardağı su saymışsınız demektir. Oysa bardak olmadan da su içebilirsiniz. Ağzınızı musluğa dayamanız bile yeter bunun için. Şimdi nasıl bir benlik içindeyiz, nasıl bir gafletteyiz anlıyor musunuz? İnsanın gaflet içinde yapmadığı ibadetleri, edemediği imanı, bütün kâinatın maksadını inkâr etmesi ve kulluğunu hafife almış olmasına neden oluyor. Devir böyle değişti işte azizim, Ümmetim Ümmetim diye dili duadan ayrılmayan bir Peygamberden(s.a.v.) buralara kadar yitirile yitirile geldi. Devir böyle değişti...

Değişimler ile birlikte bazı yanlışların sayısı da oldukça artış gösterdi. Bazen öyle sorularla karşılaşıyorum ki, sorulan soruyu dahi anlamakta güçlük çekiyorum. Bakınız buna dimağı tutulmak deniliyor. Algılamakta yaşadığım sıkıntıyı sizlere bir menkıbe ile izah edeyim. Bir gün birisi hocaya gitmiş ve demiş ki, "Hocam, Yunanistan'da bir kadın evliya çıkmış. Bu kadın evliya tam kızını kesecekken, gökten şeytan keçi indirmiş."

Bu karmaşanın üzerine hoca şöyle bir açıklama yapmış, "Olayın geçtiği yer Yunanistan değil Arabistan'dır. Bahisteki evliya kadın değil, Hz. İbrahim(a.s.) Peygamberdir ve kızını değil oğlunu kesmek üzeredir. Bu esnada kurbanı da şeytan değil melek getirmiştir. Meseledeki kesilecek kurban da keçi değil koyundur. Ben bunun neresini düzelteyim her ayrıntısı hatalı." demiş.

Bizler 21. yüzyılda yaşıyoruz. Yaşadığımız bu dönemde bizim irfan, yani kalp ilmi ile beraber bir o kadar da akıl ilmi almaya ihtiyacımız var. Bunu daha iyi anlamak için size bir meseleden bahsedeceğim. Bir gün bir ağabeyimiz annesine, "Anne, profesörler Allah'ın(c.c.) olmadığını söylüyorlar." demiş.

Annesi gayet kendinden emin bir edayla, "Yok ya, nasıl oluyor o zaman." demiş.

Hadiste buyruluyor ki, *"Dindar ihtiyar kadınların dinine tâbi olunuz."* Sizce neden böyle bir şey mevcut hadislerde? Çünkü onların kalpleri çok açıktır, yani problem yoktur, Allah'a(c.c.) tam teslim olmuşlardır. Tam teslimiyette yoldan çıkmış hiçbir söz size isabet edemez. Korunduğunuz bir yer hep vardır.

Bir gün kendini Allah'a(c.c.) teslim edebilmiş bir çaycının dükkânına, Amerikan bir şirketten emekli olmuş, aristokrat edalı biri geliyor ve çaycıya nasihatlerde bulunmaya başlıyor.

"Bak ben Amerikan şirketinden emekliyim, benim aylık elime geçen para belli, kızıma ev aldım, oğluma ev aldım. Ben annemi tatile götürdüm mü 5 yıldızdan aşağı götürmem. Hanımın elini sıcak sudan soğuk suya soktuğum henüz görülmemiştir. Bak senin de yarın bir gün çocuğun olacak, bu çocuğa bir gelecek sağlaman gerekir, kapat bu dükkânı, gir bir sigortalı işe, hayatını garanti altına al." diyor.

Çaycı ise şöyle cevap veriyor:

"Rabbim bir deprem verir hepsi gider!"

Sahip olduğunu sandığın ne varsa işte hepsinin bir saniyelik işi var. Neye benim diyorsan, senin olmadığını anlamak için o küçük gördüğün bir saniye bile bunu sana anlatmaya yetebilir. Allah'ı(c.c.) tanıyamadığın saraylar içinde kalsan ne ehemmiyeti var ki oraların sana. Oralar zindan olmuştur artık zindan. Küçücük bir kare bile yetmeli sana, eğer içinde Allah'ı(c.c.) anacak bir sen var isen. O zaman her bir duvarı sana aynı şeyi haykıracaktır.

Siz bu dünyada yaptıklarınızı umursamadan yolunuza devam ederken, yolunuz ahirete çıktığında ve size yaptığınız her bir hatanın, her bir günahın hesabı sorulduğunda şeytanı suçlayabileceğinize inanıyor musunuz? Elbette hayır çünkü Allah(c.c.) Kaf Suresi'nde bize olacaklardan haber veriyor.

Yandaşı (şeytan), "Rabbim! Onu ben azdırmadım, o kendisi apaçık bir sapkınlık içinde idi" der.

Şeytan bile sizi tek başınıza bırakacak. Siz kimi suçlamaktan bahsediyorsunuz ki? Demek şeytana uymak ya da uymamak bizim hak yolda ya da dalalet içinde olmamız ile alakalıdır. Rabbini hakkıyla tanıyabilmiş biri nasıl dalalet içinde olabilir?

Bediüzzaman Said Nursî der ki:

"Kâinatta, esbab ve müsebbebat görünen eşyaya bakıyoruz ve görüyoruz ki, en âlâ bir sebep, en âdi bir müsebbebe kuvveti yetmiyor."

Mesela ağaç bir sebeptir ve bunun müsebbebi, yani ürünü ise "meyvesidir". Koyunu bizim sebebimiz sayarsak, vereceği süt de bizim müsebbebimiz, yani ürünümüz olur. Peki, tavuk sebep ise müsebbebi ne olacaktır? Elbette, yumurta. Tavuktaki sebebe bakar mısınız, yumurtanın beyazı ile sarısını ayırabilecek kadar zeki bir sebep.

"Demek esbab bir perdedir, müsebbepleri yapan başkadır. Meselâ, hadsiz (sayısız) masnuattan (sanat eserinden), yalnız cüz'î bir misal olarak, insan başı içinde bir hardal küçüklüğünde bir yerde yerleştirilen kuvve-i hafizaya bakıyoruz. Görüyoruz ki, öyle bir câmi' (kapsamlı) kitap, belki kütüphane hükmündedir ki, bütün sergüzeşt-i hayatı (hayat serüveni), içinde karıştırılmaksızın yazılıyor."

Bizde bir hafıza var, hardal tanesi kadar, yani mercimek büyüklüğünde ve görünürde de küçücük. Ama o hafızanın içinde neler var neler... Bizler en kuvvetli hâlimizde bile elimizde ortalama on kitap taşımakta zorlanan insanlarız. Vücudumuzda DNA adında bir hücre var ve DNA'mızda kitap üzerinden hayal edersek bu kitaplardan 43 tane var. Bu kadar kitabı buraya, yani kuvve-i hafızamıza sokmaya bizlerin gücü yetebilir mi? Asla yetemez. Madem yetmez bu yüklemeyi Allah'tan(c.c.) başkası yapabilir mi? Bahsettiğimiz bu özelliklerde bizim vücudumuzda tam 60 trilyon tane DNA var. Yani bir tanesinde 20.000 sayfa, 43 ciltlik ansiklopedi olan DNA molekülümüzden 60 trilyon var. Bizim DNA'mızda ise DNA segmenti denilen bir ip var ve bu segment iki metreden oluşuyor. DNA segmentlerini uç uca bağlasak 120 milyar km yol yapar. Bu da yaklaşık 6000 defa güneşe gidip gelmek gibidir. Bunu yapmak için kim gerek, tabii ki Allah(c.c.) gerek! Demek şöyle bir müsebbebi yapacak bir sebebe asla hiçbir sebebin eli yetişememekte. Müsebbebi, yani ürünü anlamak için biraz da kendi üzerimizden gidelim ve bu konuda gün içerisinde en çok yaptığımız refleks olan yutkunmak fiilini kullanalım. Bizim farkında bile olmadan yaptığımız bu fiil için, küçük dilimizin burun boşluğunu kapatması, ardından da gırtlağımızda nefes borumuzu tıkaması gerekiyor. Bunların ikisi kapandıktan sonraki diğer icraatlardan hiç bahsetmeyeceğim bile, sadece ufacık bir şeye değineceğim. Ben her yemek yediğimde ağzımda ufak partiküller, yani parçacıklar birikiyor, eğer bu partiküller her yemek yediğimde bir şekilde mideme gitmiş olmasaydı, hayatımı karşımdaki kişinin yüzüne yemek sıçratarak geçirmem gerekecekti. Ama dilimin altındaki tükürük bezleri "mukoza" denilen kaygan bir sıvıyı salgılayarak bütün partikülleri topluyor ve kaygan bir şekilde yutkunmamı devam ettiriyor.

Bu yutkunma eylemi olurken benim bu iki tane yolumu kapattıran kimdir?

Ben yutkunurken refleks olarak nefes almamı devam ettiren merhamet sahibi kimdir?

Tükürük bezlerimi buraya koyan kimdir?

Yahu, ben böyle hikmetli mukoza yapmayı nereden öğrendim? O hâlde bunları yapan kimdir?

Hangi sebebin bu müsebbebe gücü yetmektedir?

Bir cevabınız var mı, çok zor değil mi? Günlük hayatta farkına bile varmadan, hep yaptığımız bir işlemden bahsediyorum. Bizim için bu denli önemli olan yutkunma eylemine bile dikkat etmememize Üstad ne diyor biliyor musunuz? "GAFLET!" Yani çevreden haberdar olmama durumu, diyor. Bizler, baktığımız şeye nazar-i dikkat ile bakamıyoruz. Cümlede geçen "en âlâ bir sebep" kısmını hatırlıyor musunuz, bakın burada büyük bir iddia var. Bize, sen öyle bir ürün yap ki, bütün ekonomini istediğin sanayide kullansan, benim az önce saydıklarımın hiçbirini yapamayacaksın diyor.

Doğduğum günden bu yana epey bir yol aldığım o ânı, dünyaya gelişimi düşünüyorum. Bizim yaklaşık olarak kılımızdan, gözümüzden rengine kadar 60.000 karakteristik özelliğimiz var. Bu 60.000 karakteristik özelliğimizin otuz binini annemiz veriyor, diğer otuz binini ise babamız. Anne otuz bin tane boşluk bırakıyor ve bu otuz bin boşluğu babanın iki yüz elli milyon meni ile tamamlaması gerekiyor ve bu tamamlama işleminin 5 dakika gibi kısa bir sürede gerçekleşmiş olması gerek. Görünüşte hemen bir matematik sıkıntısı doğuyor. O zaman şunu sormamız gerek, otuz bin boşluğa, iki yüz elli milyon rakamı 5 dakikada kusursuz bir şekilde ilka eden (yerleştiren) sebep kimdir? Allah'tan(c.c.) başka kimin gücü yetebilir ki? İmkânı dahi yok yetmesine! Demek ki "bütün bunları yapan bir ALLAH(c.c.) var." diyeceğiz. Bu yazdıklarımı ehli dünya birisi okusa, "Tamam, bunları bir Allah(c.c.) yapıyor." diye ikna olur. Ancak "Neden bir tane Allah, iki tane olsa daha rahat olmaz mı?" diye bir düşünceye kapılabilir. Ben de ona diyeceğim ki, bir masayı benim tek başıma mı kaldırmam daha rahattır yoksa iki kişi mi? Düz mantık ile düşünecek olursak, iki kişi bu masayı daha rahat kaldırır kanaatine varabiliriz ve bu mantık ile ilerlerken şöyle bir soru çıkabilir, kâinatta iki yaratıcı olabilir mi acaba? Şimdi biz susalım, Üstad cevap versin:

"Bir köyde iki muhtar olamaz!"

Burada, fizikte yer alan intizam kanunu bizlerin anlayacağı şekilde açıklanıyor. Mesela ben bir bardağa bir F kuvveti uygulasam, bardak, kuvveti uyguladığım yörüngeye doğru hareket edecektir. Aynı bardağa ikinci bir kuvvet değdiği anda bardağın yörüngesi değişecektir. Bizler bu kâinatta kusurlu bir şey göremiyoruz. Zerre atomdan koca galaksilere kadar hepsi kusursuz bir nizam ve intizam içinde hareket ediyorsa, buna ikinci bir el değdiği anda bütün nizam bozulmak zorundadır çünkü bir noktadan sonsuz doğru geçer. Benim burada uygulanan kuvveti ikinci bir güçle tutturabilmemin ihtimali bir bölü sonsuzdur. Bunun da matematikteki karşılığı sıfırdır. Demek ki fizikteki intizam kanunu bize diyor ki, "Evet, az önce verdiğin örnekleri yapabilecek Allah'tan başka bir sebep yoktur." fizik dahi açıklıyor ki, "LÂ İLÂHE İLLALLAH!" Allah'tan başka bunlara gücü yetebilecek ikinci bir ilah olması mümkün değildir. Siz hiç ağaca büyük gelen bir beden elbisesi gördünüz mü?

Sen her şeyin elinde olduğu o Güce tutunacaksın, o Güce sığınacaksın. Düşerim sanmayacaksın, her tökezlemen seni ahirete hazırlamak içindir, bileceksin. Hayatına yol boyu eşlik edecek insanları bile özenle seçerken, kendi içinde güven testine tabi tutarken bırak da bu yol bizi imtihana tutsun, hem de öyle bir tutsun ki, dünyaya düşmemize bile izin vermesin. Hâlâ bu dünyanın adına şiirler yazılan sokaklarında geziniyorsan, müjdeler olsun, sıkı dur, sana harika bir haberim var. Ne şiirler, ne sözler... Sana özenle inmiş ayetler var! Unutma, biz Mü'minler dünyada edilen bütün duaları alır gideriz Ettehiyyatü'ye ve sen, en mahrem yerin secdede alnını koyduğun yer iken Allah'ın(c.c.) rızasına ermek için sancıyla durmadan koşacaksın, durmayacak ve yorulmayacaksın!

Kalk ayağa, şahlanan nefsini eze eze yürü bu yolculukta.
Kalk ayağa, iman ile yoğur kalbini,
insanlıktan nasibini al da yürü bu yolculukta.

Bakış Açını Değiştir

Yol dediğin, geçmek için var olan anılardır. Ayaklarını sağlam basacaksın ki sarsıntıların seni yokladığı yerlerde sarsılmayasın. Gittiğin her yerde avuçların bir tecrübe dolusu anahtar getirecek sana. Çoğu zaman yürüyebileceksin, çoğu zaman düşeceksin. Yol, seni tutmak için var. Her düştüğünde hissedeceğin yolları, hızlıca geçip giderken eze eze geçersen bencilliğin bir miktar tuzunu dökmüş olursun o güzel içine. Tuzunu fazla kaçırdığın yemeği yiyebilecek misin gerçekten? Hadi yedin diyelim, vücudun sana nasıl tepki gösterecek biliyorsun değil mi?

Yanına bir valiz dolusu tercihlerini alıp geçtiğin her bir aklının köşesi sen ne yöne çeksen oraya gelmek isterken, ergenlik çağına ulaşıp da sana karşı yavaştan isyan bayraklarını çekmeye başladığında sergileyeceğin tavırlar tam da senin dönüm noktan olacak. Hayatın boyunca öncesi ve sonrası dediğin sadece görüntüden ibaret değil, iç çekişmelerinden doğacak. Sancıların elbet zorlayacak, elbet kıvranacaksın. Ama unutmamalısın ki sancı çekmeden asıl seni asla doğuramayacaksın.

Düz yolları her zaman tercih sebebi saysak da maalesef hayatta bazı konularda bakış açımızı değiştiremiyoruz çünkü birçok konuda yanlış bakış açılarına sahibiz.

Aynı bakış açısı, ölüm konusu için de geçerli. Ölümü, hiç alakası olmayan, düşünmemiş insanlara bahsettiğinizde ne yapıyorlar? Çekiniyorlar, korkuyorlar, içim karardı yanımda ölümden bahsetme diyorlar. Oysa için de kararsa, içinde baharlar da açsa önümüzde bir gerçek duruyor. İstesek de istemesek de Azrail ile bizi bekleyen can alıcı bir randevumuz var. Ölümün o üşüten soğukluğunu hissetmemiş bir insana ne anlatırsanız anlatın içini karalar bağlamaktan öteye geçemeyecektir. Eğer hâlâ hayattayken ölümün o soğukluğunu iliklerinize kadar hissedebilirseniz, sizin için artık hiçbir şey eskisi gibi olmayabilir. Bu bir vazgeçiş, bir yılış şekli değildir. Bu sizi dünyanın akan boyasına karşı her zaman uyaracak bir soğukluktur. His belki zayıflar, ancak her hatırladığınızda beyniniz size o anki hislerinizin sinyallerini verecektir.

Bazen birine gerçekleri durmadan anlatırsınız da anlatırsınız, sonradan bir de bakarsınız ki kulak duyarken kalbinde eriyip damarlarına kadar işletememiş bazı meseleleri. Duvarın kerpiçlerine mi konuştunuz bir insanın kalbine mi bilinmez. Bir ölünün karşınıza geçip gerçekleri haykırsanız da, elinizde mikrofon ile bağırsanız da sonuç değişmeyecektir. Başında dünyanın en önemli olayını anlatsanız da size aynı tepkiyi verecek, ahireti için en önemli hakikati anlatsanız da. Duymaz olmuş kulak, kalbe sağır bir viran bedende ah etsen de işitilmez, vah etsen de. Can gitmiş elden ne gelir ki şimdi dilden, ruh da ölmüş dünyada can çekmiş de gitmiş şimdi birden! Birden değil mi? Hep birden olur... Şimdi ne farkı var ki? Ruh öldükten sonra kalp kan pompalasa ne pompalamasa ne. Bu yüzden, canlı olan bir insana Allah Resulü[(s.a.v.)] buyuruyor ki, *"Evlerinizi kabirlere çevirmeyiniz."* İşte insanın ölümün manasını anlayacak bir eylemi olmadığı, yani Allah'tan[(c.c.)] uzaklaştığı için de Allah[(c.c.)] onu hissizleştiriyor. Yarın ne giyineceğini bugünden dert ederken aklına kefen geliyor mu hiç? Aslında biliyor musunuz, mesele gayet derin, 1 metre çukur, 2 metre kumaş. Sonra hepimiz cennete talip olduğumuzu iddia ediyoruz. İyi hoş, talibiz de, sormayacaklar mı "ne ile talipsin!" diye. Sormayacaklar mı "Dünya kokmuş bu üstün başınla buraya girebileceğini mi sandın?" diye...

Her geçen gün kalacağımız süre sayısı azalan dünyaya karşı sahip olduğumuz bakış açısı yanında iman konusunda da bakmamız gereken çok önemli bir bakış açısı var. Günlük hayatta insanlara baktığımda, imanlı insan ve imansız insan arasında görünürde fizyolojik olarak bir fark göremiyorum. Yani "Aaa bu adam imanlı, bu adam ise imansız." denebilecek, aralarında ciddi bir fark yok. Peki, bu farkı bana ne sağlayacak? Bu farkı sağlaması için imanlı insanın önemi nedir sorusunu en başta sormak gerekiyor. Ama insanın soruları bununla sınırlı kalmıyor. Merak ediyor insan, imansız biriyle arasında devasa bir uçurum varken bu fark nedir? Acaba bu bakış açısını, bende oluşturacak durum nedir? Gelin burayı beraber Risale-i Nur'dan ruhlarımıza işleyelim. Üstad Yirmi Üçüncü Söz'e inanılmaz bir giriş yapıyor:

"İnsan, nur-u iman ile âlâ-yı illiyyîne çıkar..."

Âlâ-yı illiyyîn, yücelerin en yücesi demektir, bunu cennetin en üst mertebesi gibi düşünebiliriz.

"...Cennete lâyık bir kıymet alır ve zulmet-i küfür ile (inkâr karanlığı) esfel-i sâfilîne (aşağıların en aşağısına) düşer, Cehenneme ehil olacak bir vaziyete girer."

Demek insanın makamı sabit değil. Zaman zaman âlâ-yı illiyyîne çıkıp zaman zaman da esfel-i sâfilîne inebiliyor. Bizdeki bu mertebeyi belirleyen o sihirli kelime imandır!

"... Çünkü iman, insanı Sâni-i Zülcelâli'ne nisbet ediyor, iman, bir intisaptır (bağlanmadır)."

Yani biz iman sahibi olur isek doğrudan Bir Yaratıcıya bağlanıyoruz. Diyebilirsin ki, iyi de bütün insanlar Allah'ın(c.c.) sanat eseri zaten, peki iman sahibi bir insanın farkı nedir? Burada bir anılma meselesi, yani bir marka meselesi var. Mesela, pahalı telefonu olan kişi bilir ki, bu bir markadır. Kafeye oturduğunda, masaya telefonu kibarca koymaz, hani öyle bir koyar ki, tak diye ses çıkar, çaylar ona göre demli olsun, anlamında.

Neden böyle davranır? Çünkü o bir marka. Hatta karşıdaki kişi anlamamışsa masaya bir daha vurur ki, markasını göstermek ister. Oysa eski bir telefonu olsa, düşününki hani antenli, kavgada kullanılan takozlardan, hani şu buharlı ütüden bir sonra bulunan. Belki hanımı doğum yapmak üzere o anda arasa, çekinir de o telefonu açmaz çünkü markası, teknolojisi yüksek estetik bir marka değil. Burada şöyle bir espri var, kullandığınız herhangi bir şeyin etiketi onun markasıdır. Aynı zamanda bu telefonu kaliteli yapan şey de anıldığı markadır. Kıyafette de bu böyledir. Pazara gidersin, "Bu tişört ne kadar?"

"Kardeşim at bir siftah." 5 lira atarsın, siyah poşete sarar, koltuğunun altına verir. Aynı tişörtü almak için mağazaya gitsen, üzerine minicik bir logo koyarlar ve daha kapıdan girmeden personel seslenir, "Beyefendi hoş geldiniz."

Aynı tişört, üzerine bir markanın, ufacık bir logosu konulduğu için mağazada 200 TL oluyor. Aynı kumaştan olmasına rağmen birini 20 TL, diğerini 200 TL yapan fark nedir? Cevap, tabii ki marka. Dikkat edin, ne ile anıldığı çok önemli.

İnsanın markası da, Allah'a(c.c.) bağ verecek. Üzerimizde ince bir mühür, detayla işlenmiş bir mühür, okyanusların derinlerinden arşın başlarına kadar sarmış da sarmalamış bir mühür. Gün bitecek, güneş Allah(c.c.) mührü ile bezenecek. Işıltılarını saçtığı yeryüzüne ince mührüyle seslenecek, "Sen," diyecek "sen de benim mührümdensin, bilesin sen de yitip gideceksin." Gün dönecek ben gideceğim, senin ömrün de gidecek, bir tek şey kalacak bizden geriye. Senden, benden, bizden, koca varlık sahasından bir tek şey kalacak, Allah(c.c.)! İşte insanın markası da Allah'a(c.c.) bağ verecek.

Bütün dikkatlerinizi lütfen bu satırlarda toplayın, gerçekten dışarıdaki bir insana bile çok rahat anlatılabilecek temel bir ders. Üstad şöyle devam ediyor:

"*...Öyle ise, insan, iman ile insanda tezahür eden (görünen) san'at-ı İlâhiye ve nukuş-u esmâ-i Rabbâniye itibarıyla bir kıymet alır.*"

Yani Allah'ın(c.c.) sanat eseri olarak Rabbini tanıttırabilirsen, işte o zaman sen saç teline kadar kıymetlisin. Fakat öyle değilsen hiçbir kıymetin kalmaz çünkü nasıl ki üzerindeki kıyafetin mührü onun etiketi, yani markasıdır, senin benim mührüm de Allah'tır(c.c.).

Şimdi, başparmaklarımıza bakalım. Eğer madde cihetiyle bakarsak normal et, deri ve kemik olarak ucuz bir şey görürüz. Bakış açımızı değiştirip sanat eseri cihetiyle bakarak başparmağımızı yerinden çıkarttığımızı düşünelim. Buradaki eklem artık olmayacağı için saat takmamız, el ile selamlaşmamız, kalem ve çatal tutuşumuz, yumruk atışımız, gömleğimizi ilikleyişimiz, kapı açışımız, ayakkabı bağlayışımız, bir tornacının işini yapması, bir bilgisayarcının bilgisayarı kullanması bile değişir. Kısaca, başparmağımızı yerinden çıkartırsak medeniyet değişir! Denemek istersen başparmağını kullanmadan bardaktan su içmeye çalışabilirsin, suyu bırak, bardağı tutabilecek misin? Daha önce hiç başparmağın için şükretmiş miydin? Gel şimdi artık başparmağına, Allah'ın(c.c.) mührüyle bak! Bu organ, ne kadar kıymetli oldu öyle değil mi? Bazı hard diskleri satın almak için yüksek GB diye ciddi paralar veriyoruz. E benim zihnimin kaç GB olduğunu ya da işlemci yazılımını bilen var mı? Rabbinin sanat eseri olan sendeki bu işlemciyi, Allah(c.c.) mührünü kendinden çıkarırsan acaba ne kadar kıymetlisin? Bu yüzden, ancak Allah(c.c.) namına, Allah(c.c.) mührünü taşıyan olursan kıymet kazanırsın.

"...Küfür o nisbeti kat' eder. O kat'dan, san'at-ı Rabbâniye gizlenir. Kıymeti dahi yalnız madde itibarıyla olur. Madde ise, hem fâniye, hem zâile (yok olmaya), hem muvakkat (geçici) bir hayat-ı hayvanî olduğundan, kıymeti hiç hükmündedir. Bu sırrı bir temsil ile beyan edeceğiz."

Küfür, kâfirden aklımıza gelsin, örtmek demek. Yani sen üzerindeki nakışları, Allah(c.c.) mührünü "Bende iman gibi bir özellik yok, Allah'a inanmıyorum (haşa!) ne ihtiyacım var." diye örtüyorsun. Bundan dolayı da, üzerindeki az önce tasvir ettiğimiz Allah'ın(c.c.) sanat eserleri gizleniyor.

İman, insana bir marka verirse ne olur?

Eğer küfür insandan o markayı alırsa, o insanın değeri ne olur?

"...Meselâ, insanların san'atları içinde, nasıl ki maddenin kıymetiyle, san'âtın kıymeti ayrı ayrıdır. Bazen müsavi (eşittir), bazen madde daha kıymettar, bazen oluyor ki, beş kuruşluk demir gibi bir maddede beş liralık bir san'at bulunuyor. Belki, bazen, antika olan bir san'at, bir milyon kıymeti aldığı hâlde, maddesi beş kuruşa da değmiyor. İşte öyle, antika bir sanat, antikacıların çarşısına gidilse hârika-pîşe ve pek eski, hünerver san'atkârına nisbet ederek o san'atkârı yad etmekle ve o san'atla teşhir edilse, bir milyon fiyatla satılır. Eğer kaba demirciler çarşısına gidilse, beş kuruşluk bir demir pahasına alınabilir."

Benim kolumda bir saat olduğunu ve bu saatin de özel yapım, Yavuz Sultan Selim Han'dan kalma el işi bir antika olduğunu düşünelim. Sizce nasıl bir antika değeri var? İnanılmaz değil mi! Ben bu saati alıyorum ve Üstad'ın da dediği gibi bir antika çarşısına gidiyorum. Diyorum ki, "Bu saatin sanatkârı Yavuz Sultan Selim Han'dır, kendi özel el emeği ile bana ikram ettiği hediyedir, belki 500, 600 yıldır benim sakladığım bir saattir." desem, o sanatkârı yâd etmekle, yani markasını sanatkâra nispet etmekle bu saat için birkaç trilyon alabilirim. Burada önemli olan, antikadan anlayan antikacılar çarşısına gitmektir. Eğer ben, aynı antika saat ile kaba demirciler çarşısına gidersem, demirci: "Abi ben bunu eritsem 2 lira eder." der ve bana vereceği miktar saatin çok aşağısındadır. Demek ki ben bu saati sanatkârı ile anarsam trilyonlar ediyor, sanatkârı olmadan anarsam, bir kaba demirciler çarşısında 2 kuruş etmiyor. Ya da ünlü bir ressamın tablosu düşünelim. Bu tabloya madde ciheti ile bakar isek, boyası, fırçası, tuvali derken yaklaşık 10-15 TL, hadi 20 TL tutuyor olsun. Peki, bu tablonun altına o ünlü ressamın imzasını atarsak ne kadara satabiliriz? Belki birkaç trilyona. İşte bu maddenin birkaç trilyona satılmasının sebebi, markası, yani anılmasıdır.

"İşte, insan, Cenâb-ı Hakkın böyle antika bir san'atıdır ve en nazik ve nazenin bir mu'cize-i kudretidir ki, insanı bütün esmâsının cilvesine mazhar ve nakışlarına medar ve kâinata bir misal-i musağğar suretinde yaratmıştır."

Yani Allah(c.c.), insanı, bütün esmalarını yükleyerek, nakışlarını tanıtacak şekilde küçültülmüş, bir örnek numune olarak yaratmıştır.

Bir insanı Allah(c.c.) mühürlü olarak düşünmezsek, ona nasıl bakmamız gerekir? Madde cihetiyle. Madde gözüyle baktığımızda üç beş kuruşluk et ve kemik göreceğiz. 30 yıl sonra kelleşecek, göbeği çıkacak, derisi iyice buruşacak. Peki, bu kişinin markasını "Allah" yaparsak ne olur? Madde cihetiyle hiçbir değeri olmayan bu kişi, Allah'ın(c.c.) Cûd isminin, yani "cömert" isminin temsilcisi olursa, birçok yerde cömertlik sergiler ve Allah'ı(c.c.) tanıttığından dolayı çok kaliteli bir markası olur. Bir de Allah'ın(c.c.) Fâtır isminin nazarıyla bakalım, yani "benzersiz tek yaratılan" ismiyle. Bu kişinin gözünü yaratabilecek hiçbir bilim yoktur, gözü ve kendisi dünyada tektir desem ve bir gözü için binlerce hastane yapıldığını bilirsem, gel şimdi bu kişinin kıymetine bak. Demek ki insanın markası "Allah(c.c.)" olunca, yani Allah(c.c.) ile anılınca ne kadar kıymettar oluyor! Allah(c.c.) mührü olmayınca ise, Üstad'ın dediği gibi, *"bîçare hakikatler, kıymetsiz ellerde kıymetsiz"* oluyor.

Karşınızda bütün dünya nüfusunun arkasında olduğu birini düşünün ve siz bu kalabalık karşısında tek kişisiniz, ne yaparsınız? Durum ne kadar vahim değil mi, tabanlara kuvvet bile diyemezsiniz. Fakat size desem ki, bir tek kişi olabilirsiniz, ancak kalbinizde Allah(c.c.) var, sizin mührünüz Allah'ın(c.c.) mührü ve siz bunun farkındasınız. Onların markası ise bir dünya markası, işte o zaman ne olur? Bütün işler tersine döner. Kuvvetin kalabalık ile doğru orantılı olmadığını anlarsınız.

Eğer iman nuruyla nurlanırsan ve markan Allah(c.c.) olursa yeryüzüne bir halife hükmündesin. Üzerinde mücevherlere, elmaslara, yakutlara gerek yok çünkü sen Allah'ın(c.c.) mührünü taşıyorsun. Kalk ayağa, şahlanan nefsini eze eze yürü bu yolculukta. Üzerindeki kuruşluk kıyafetlere aldanma, hepsi yırtılıp gidecek, ki bir hiç hükmündesin! Ehemmiyet verme bu maddelere, çünkü sen Allah'ın(c.c.) mührünü taşıyorsun. Kalk ayağa, iman ile yoğur kalbini, insanlıktan nasibini al da yürü bu yolculukta.

Gelirken ben getirmediğim için,
giderken de gitmeme mani olamadığım için,
ben, benim değilim.

Allah(c.c.) Bana Sormadan Beni Neden Yarattı?

Kış mevsiminde yazı arar insan. Yaz mevsiminde kışı. Kendi yapraklarını döker, baharına hasretlik çeker. İnsan arar da durur, durmadan, yorulmadan sorar da durur. Bazen aramaya kendini öyle bir bağlar ki, cevaplar gözünün önünde olsa da dönüp okuyamaz. İnsanı alıp gündüzlerin içerisine de koysanız, görme kabiliyeti yok ise ne yapsanız faydasız. Gündüzler onun için bir şey ifade edemez artık. Dünya kaç kilometre olursa olsun onun için kafasındaki dünya işte o kadardır.

Bir ağaç düşünün ki sizden meyvesini aldığı için şikâyetçi. Köklerini geçirdiği, sımsıkı tutunduğu toprağa bile kırgın. Oysa siz o ağacı bahçenize meyve vermek için ekmiştiniz.

Günlerce suladınız, başında heyecanla büyümesini beklediniz, baharları, kışları aştınız, yazları beklediniz. Sırf güneş teninizi yakmazken, kendi ağacınızın dalından bir meyve koparıp yemek için bunca emek verdiniz. Ne oldu? Ağacınız sizden şikâyetçi. Nasıl savunurdunuz kendinizi?

Cenabı Allah'ın emir ve yasaklarını hayatına geçirmekte zorlananların, nefsine karşı söz geçiremeyenlerin bazılarından çokça duyduğum bir mevzu var. Ağız birliği yapmışçasına aynı soruyu yöneltiyorlar: "Benim kâinatta ne işim var, Allah beni dünyaya göndermeden önce (haşa!) bana mı sordu da beni yarattı?!"

Basitmiş gibi görünen ancak çok temel bir konu bu. Cevabını bilmeyen ve idrak edemeyen bir insan (haşa!) Cenabı Allah namazı bize emretmiş değil de sanki bizden rica etmiş gibi hareket edecektir. Sonra ne oluyor, namaz ile Allah'a(c.c.) eğilmekte zorluk yaşayan o baş her şeyi kendinden biliyor ve Firavunlaşan bir nefse dönüşüyor. Bu konu bilinmezse birçok meselede vartaya düşebiliriz çünkü nefsin gözü miyoptur, maalesef ahireti göremiyor. Bu konu bilinmezse, insan kendi dar dünyasında hapsolup kalıyor ve o dar dünyasından hiçbir şekilde çıkamıyor.

Issız bir adaya tekneyle götürüldüğümüzü varsayalım. Giderken görüyoruz ki bu ıssız adadan birileri de bir tekneyle geri dönüyor. Adaya ayak basıyorum ve bir bakıyorum yerçekimi kuvveti bana göre dizayn edilmiş, "Birilerinin eli değmiş olmalı" diye düşünüyorum. Adaya ayak basıyorum, fil denilen kocaman hayvanlar görüyorum ve o kocaman hayvanlar sadece otla beslenirken ben birçok meyve-sebze yiyorum ve dilimdeki tat alma barkodu bu yiyeceklerin bütün hepsini tanıyor, çok ilginç ve sonrasında anne dediğim, süt musluklarından beni doyuran birisi oluyor, birden ortaya çıkıyor. Para vermemişim bu kişiye, onu almak için bir yere başvurmamışım ve baba dediğim direk gibi sapasağlam bir insan çıkıyor karşıma. Aynı adada oluyor bu hadiseler. Daha sonra biraz daha büyüyorum, büyüdükten sonra biraz merakım, ilmim artıyor. Adada yuvarlak cisimler görüyorum ve bakıyorum ki bu yuvarlak cisimler hiç çıkıntısız olduğundan dolayı ben bu yuvarlağın çevresini çapına her böldüğümde bana aynı sayıyı, yani pi sayısını veriyor ve bu yüzden diyorum ki, yahu böyle bir işe tesadüfün eli karışamaz, imkânsızdır. Bir Kudret Eli tarafından müdahâle edilme zarureti vardır. Bu merakım devam ediyor. Daha sonra odun kırıyorum, bir şeyler tutuyorum, harç yapıyorum, kendime ev yapmaya çalıyorum ve zamanla bir bilgi öğreniyorum ki, benim vücudumda 1 trilyon tane hücre var ve her hücremde takriben 1 milyon adet atom ve hepsinin vücudumda mükemmel bir tasarrufu var ve diyorum ki: "Yahu, ben bile bir ev yapmayı haftalar, aylar sonra öğrenmişken vücudumdaki bu kadar hücre, karanlık damarlarımda bu işleri nasıl yapıyor acaba?" Ve bir kez daha şaşırıyorum. Sonra bakıyorum, gözlerim görmeme yarıyor, ağzım konuşmama yarıyor, burnum koklamama yarıyor ve ben artık bu adada bir şeyleri sevmeye başlıyorum. Anlıyorum ki demek kalbim de "sevmek" görevini yapıyor! Demek bir şeyleri sevdiren ve beni seven bir zatın olması zarurettir, daha da iyi anlıyorum. Bu adada temaşa ettiğim bu kadar şeyden sonra şu sualler akla geliyor:

Ben bu adada neciyim?

Ne işim var bu adada?

Tekneyle getirildiğim yer neresi?

Tekneyle geri dönenler nereye gidiyorlar?

Kimdim ben, bu eller nerede kullanılacaktı? Bir değil iki göz verilmişti, ikisi ile neyi daha iyi görmem istenmişti? İki kulak ile neyi daha iyi duymam gerekti. Bir tekneydi elbet bu ada yolculuğumda sebep kılınan bana, binecek ve gidecektim. Dönenler gibi, bir gün demek ki ben de dönecektim. El sallanır mıydı şimdi bu teknelerin ardından, haber alınır mıydı bir yolcu sessizliğinde süzüldükleri bu yoldan, hem nereden gelmişlerdi? Ne kadar kalmışlardı ki böylesine itirazsız gidiyorlardı? Cevapların vakti dinleniyordu belli ki, ara, diyordu, ara ki bulasın, süzülesin bir açık denizler arasında sen de içimin şu soluklarında...

İşte hikâye aynı aslında, ada dediğimiz yer, bu dünya. Başroldeki de sensin, benim, biziz. Bu dünyaya belli başlı hikmetler için gönderilmişiz. İlk başta bir soru sormuştuk, "Kâinata neden geldik?" Şimdi Üstad Bediüzzaman'dan enfes bir cümle ile cevabı geliyor, sıkı tutunun:

"Her cemâl ve kemâl sahibi kendi cemâl ve kemâlini görmek ve göstermek istemesi sırrınca, o Sultan-ı Zişan dahi istedi ki, bir meşher açsın, içinde sergiler dizsin, ta nâsın enzarında saltanatının haşmetini, hem servetinin şaşaasını, hem kendi san'atının harikalarını, hem kendi marifetinin garibelerini izhar edip göstersin."

Yani her cemal ve kemal sahibi güzelliğini görmek ve göstermek ister. Cenabı Allah bir hadis-i kudsisinde şöyle buyuruyor: *"Ben gizli bir hazine idim; bilinmek istedim, mahlukatı yarattım."*

Elbise dolabımızı açtığımızda kaç tane kıyafet oluyor karşımızda? Mesela bir arkadaşımızla yirmi defa görüşmüşsek o arkadaşımız yirmisinde de farklı kıyafet giymiş olabiliyor ve bu arkadaşımız her kıyafet giyişinde bir defa da aynaya bakıyor mudur? Ya da biz her evden çıkışımızda en az bir defa aynaya bakıyor muyuz? Peki, neden farklı farklı kıyafetlerimiz var, neden çokça aynaya bakma ihtiyacı duyuyoruz? Çünkü her cemal sahibi cemalini, yani güzelliğini görmek ve göstermek ister!

Bir ressam yahut bir mimar düşünelim şimdi de, bunlar eserlerini tanıttıkları bir sergi açıyorlar, sergilerini birçok insan gelip seyrediyor, bu adamlar bu durumdan çok büyük keyif alıyor, sebebi tam da bu işte. Bu durumda hâlâ sorulabilir mi ki Cenabı Hakk bu kâinatı, yani bu tekvini emirler mecmuasını neden yarattı? Cevabı açık ve net tek bir cümle! *Her cemal ve kemal sahibi kendi cemâl ve kemâlini görmek ve göstermek ister.* Cenabı Allah kâinatı yaratıyor ve yarattığı kâinatı da seyrediyor. Bu seyirden bizim, tabirinde dahi aciz olduğumuz bir lezzet alıyor. Bir de gayrın nazarı ile bakıyor bu yaratılışa, biz bu kâinatı seyrediyor ve bakıyoruz, bir de Cenabı Allah bu şekilde, bizim yaptığımız tefekkürle kâinattan lezzet alıyor. Kâinatın yaratılış hikmetlerinden bahsediyoruz ama burada bahsettiğimiz bu hikmetlerin sadece bir-iki tanesi. Geri kalanını öğrenmek için öncelikle Risale-i Nurları elde etmeniz gerekiyor.

Bediüzzaman Hazretleri başka bir yerde de şöyle diyor:

"Mülk O'nundur, mülkünde istediği gibi tasarruf eder..."

Bunu bir örnekle daha iyi anlayabiliriz. Mesela sizin bir arabanız var, ancak arabanın tekerlekleri size değil bana ait. İstediğim zaman o tekerlekleri söküp alabilirim değil mi? İstersem senin arabana takarım, istersem başka bir arabaya ya da istersem de alır dama koyar, üstende çay demlerim çünkü mülk sahibi benim ve istediğim gibi tasarruf yapabilirim. Sen bana ait olan bir tekerleğe müdahale edebilir misin? Edemezsin tabii. Beni tanımadığını varsayalım ve sizin evinize geliyorum diyorum ki, "Bu duvarları pembeye boyayalım, klimalar da balkona takılsın, banyo ve mutfağı kapatalım. Hatta mutfağındaki su bardaklarını da kullanma, muslukları ters çevirip öyle iç suyunu, zigon sehpaları da ters çevir, bundan sonra böyle kullanacaksın."

Ne dersiniz bana? Değil ben, en yakın bir tanıdığınız gelse ve bu şekilde evinize müdahale edecek olsa gözünüz döner. Kimse kimsenin mülküne karışamaz, müdahale edemez. Ne demiştik, *mülk sahibi mülkünde istediği gibi tasarruf eder.* Peki, benim "ben" diyebilmem için önce beni "ben" yapması gerekiyor mu? Yani benim, "ben" olmamda benim bir müdahalem yok. Gelirken ben getirmediğim için giderken de gitmeme mani olamadığım için, ben, benim değilim. Demek benim bir mülk sahibim var, ister yazar ister bozar, isterse de çizer. Ben kendime malik değilim ki, az önce saydığım o ada hadiseleri ve bunlar gibi milyarlarca olayı yaratan bir Zat, işte seni de, beni de yaratmış ve sen O'nun mülküsün, senden istediği gibi tasarruf edebilir. Ama bundan sıyrılmak, gerçeklere karşı gözü miyop olduğuna ikna etmek için ne diyorlar dünyanın yaratılışına, tesadüf! Tesadüf diye delil olur mu? En basitinden, birisi arkamızdan taş atsa dönüp bakıyoruz, kim attı diye. Taşı atanı arıyorsun ama koca kâinata yaratıcı aramıyor, tesadüf diyorsun.

Mülk sahibi, mülkünde istediği gibi tasarruf ettiğinden dolayı değişik dengeler görüyoruz kâinatta. Mesela bazen görüyoruz ki, çocuk doğuyor, kolu yok. Doğuştan kör olan, doğuştan duyamayan ya da bacağı doğuştan yok olanlar var. Şimdi insan soruyor, "Mülk sahibi mülkünde istediği gibi tasarruf ediyor, tamam ama birini fakir yaratıyor, birini zengin yaratıyor, birinin kolu yok, biri göremiyor. Bu nasıl olacak?"

Bu kâinatı yaratan Zat kanunlara tabi değildir çünkü kanunları da yaratan O(c.c.)'dur. Normal bir insanın yaratılış kanununda iki tane kolunun olması iki tane ayağının, ağzının vs. azalarının olması gerektiğini biliyoruz ama Cenabı Allah diyor ki, "Ben kanunlara tabi değilim, kanunlar Bana tabidir. Ben faili muhtarım, istersem kanunları da bozar bu şekilde yaratırım."

Biz şunu şöyle yap, bunu böyle yap, bu da böyle olsun deseydik, O(c.c.), Allah(c.c.) olur muydu (haşa)? Biz O(c.c.)'nun tasarrufuna karışabilseydik, Mülk sahibi mülkünde istediği gibi tasarruf eder kaidesince bizim tasarrufta dehlimiz olsa, karışabilsek Allah(c.c.) olur muydu O(c.c.) hiç? Şöyle bir soru da gelebilir akla, "Neden beni daha önce yaratmadı ya da neden daha sonra yaratmadı?"

Azizim, evvel ahir sana bana, zaman mekân sana bana. Sen neden sınırlı aklınla namütenahi bir sınırsızı sınırlandırıyorsun? Şu masa bile marangozuna benzemezken, bizler gibi sanatlı eserler sanatkârına benzer mi hiç? Biz, (haşa!) Allah'ı(c.c.) kendimize benzetmeye çalışıyoruz. Yemez içmez, zaman geçmez, cümleden beridir Allah.

Bir mesele daha var, Kalûbela. Daha önce duymuşsunuzdur. Anlaşma imzalıyoruz ve diyoruz ki, "Ya Rab, bu anlaşmayı kabul ediyoruz. Biz de Senin kulunuz, tamamen kabul ediyoruz." Hatırlayanınız var mı bu antlaşmayı? Peki, anne karnındaki halinizi? Kimse hatırlamaz değil mi, demek hatırlamamamız böyle bir anlaşmanın olmadığına delil değildir. Dünyada şu anda ne yapıyorsak yapalım, doğruda da olsak yanlışta da, Rabbimize vermiş olduğumuz bir söz var ve bizler bu sözden hesaba çekilmeyeceğimize inanabilir miyiz?

Bu kâinattaki hadiseler çok dehşet hadiselerdir ama bizde alışkanlık denen bir hastalık var. Alışkanlık hastalığı bu hadiseler karşısında bizim şaşırmamıza engel oluyor. Elimde bir cüzdan olduğunu varsayalım ve cüzdanda da bazı düğmeler. Ben elimdeki bu cüzdanın düğmesine bassam ve cüzdan bir anda merkez bankasına dönüşse. Kimse inanmaz değil mi buna? Buna inanmıyorsunuz da yumurtadan o sanat harikası tavus kuşunun çıktığına nasıl inanıyorsunuz? Demek Cenabı Allah kâinattaki şaşırtıcı hadiselerin bir kısmını bize gösteriyor ki tefekkür edelim, Yaratıcının varlığını bilip şükredelim. Bir kısmını da gizliyor, sınavın hikmetinin bozulmasını istemiyor. Konunun başından beri birçok hadiseden bahsettik. Bahsettiğimiz bu hadiselerin tamamı Allah'ın[(c.c.)] esmasının ve sıfatlarının birer tecellisi hükmündedir. Biz bu hadiselerin birçoğunu tefekkür gözlüğü ile görüyoruz ama bazıları bu hadiseleri bu şekilde göremiyor. "Bunlar Cenabı Allah'ın sıfatıdır." dediklerimize bazıları inanmıyorlar. Yani Allah'ın[(c.c.)] yarattığına da inanmıyorum deyip göremiyorlar. Hem de bunu aynı resme bakarak yapıyorlar. Peki, bunun hikmeti nedir? Kâinattaki her şey ama her şey, sen, ben, basit bir bardak, dağlar, ormanlar, bayırlar Allah'ın[(c.c.)] sıfatlarının ve isimlerinin tecellisi. Yani Allah'ın[(c.c.)] isim ve sıfatlarının boyasıyla boyanıyorlar. Bir kısım bu sanatı görebilirken diğer bir kısım göremiyor çünkü bir kısımları enaniyetleri ile, kibirleri ile Rabbini tanımamak ile kendi desenini kendisi çiziyor, üstüne Rabbinin çizdiği bir desen onda gözükmez oluyor. Ama bir kısımları enaniyet ve nefislerini karıştırmadan öyle temiz ve pak duruyorlar ki, Rabbinin çizdiği her deseni enfes şekilde yansıtabiliyorlar. Bu yüzden bir kısımları bu eserleri anlayıp idrak edebilirken, enaniyetli bir kısımları da o resimleri anlayıp idrak edemiyor. Yani anlayacağınız, bir insan elmayı soymadığında içindekini de kabuk zannedebiliyor.

Allah[(c.c.)] bizlere ömür denilen bu hayat yolculuğunda devamlı elmaslar sunuyor, ancak biz bu elmasları "Şükür"süz bıraktığımız için her bir elmas artık kömür hükmüne geçiyor. Allah'ın(c.c.) verdiği elması yaratılışından dolayı yine belki elmas olarak görebiliyoruz, ancak aldığımız lezzet tam bir kömür parçası oluyor. Sizinle şöyle bir düşünelim, fani ve yapacakları sınırlı bir insan olarak 24 saat sizin yanınızda dursam ve desem ki bugün ağzınızdan çıkan her bir kelimeyi, her bir hareketi not alacağım. Hem de öyle bir not ki harfi harfine eksiksiz olacak. Ertesi gün de yaptığınız hataların, eksikliklerin hesabını soracağım, belki de yüzünüze vuracağım. Ne yaparsınız? Bunu biliyorken ağzınızdan çıkan her bir kelimeyi önce düşünerek seçersiniz değil mi? Peki, her bir anımız bir ömür kayıt altındayken ve yarın bunun hesabını verecekken nedir bu hâlimiz? Nedir dünyada bu denli oyalanışlarımızın gerekçesi? Belki içinde ihlas olmayan bir iyilik işledik ve tövbemiz de yok, iyilik sandığımız o hareketimizden dolayı yarın hesap verirken yüzümüze çarpılmayacak mı sanıyoruz? Örnekleri çoğaltmak çok mümkün. Ancak işin dehşet bir kısmı var ki, işte oradan sonra söylenecek pek bir şey kalmıyor. Benim gibi yapacakları sınırlı, aciz bir insanın bile yarın hesap sormak için kayıt altına aldığı bir gününüzde bu kadar özenle davranırken, yarın gerçekten kime hesap vereceğinizin farkında mısınız? Kimin huzurunda amel defterinizin açılacağının farkında mısınız?

Gelip geçecek dertlere mukabil
her şeyin elinde olduğu
bir Rabbimiz var iken
gözlerimizi kör etmeye ne gerek var?

Örtündüğü İçin Dayak Yiyen Kızın Mektubu

Gözlerinizdeki yaşları akıtmaya ve vicdanlarınızı sızlatmaya geldim. İçiniz ne renkse o renk akacak gözyaşlarınız da. Sağanak sağanak yağan her bir yağmur damlası kadar ahiretinizde filizlenecek dallarınız olabilir. Siz yeter ki yeniden başlamak isteyin, siz yeter ki tövbe kapısını durmadan, ısrarla çalmayı bilin. Kahverengi dallardan pembe çiçekleri açtıracak Allah(c.c.) elbet sizi duyacak.

Bir yağmur akşamında hep beraber ıslanalım. Bu kez yağmurlar ıslansın biz ağlayalım, her bir yağmur damlası tek başına yağsaydı yeter miydi yeryüzüne? Eğer Allah(c.c.) bir tek yağmur damlasına bu emri vermeseydi, hangimiz bakacaktık o taneye, hangimiz ıslanacaktık, hangimizin toprağını kokutacaktı? Sessizce gezinelim biz de bu satırlarda, koca bir ordu gibi gidelim, hep beraber sızlanalım, hep beraber vicdanlarımızı açalım. Özenelim işte biz de yağmur tanelerine, özenelim silip temizlemeye. Herkes kapısının önünü süpürse temizlenecek sokaklarda, önce kendi içimizi süpürelim, temizlensin bütün dünya da.

Bu yazıyı okumanız için bir şartım var. Bütün dertlerinizi toplayın da gelin. Ne kadar kalabalık olursak bu satırlarda o kadar çok gözyaşı birikebilir, kim bilir belki o kadar çok da arınmamıza vesile olabilir. Üstad, *"Günahlar hayat-ı ebediyede daimi hastalıklardır, bu hayat-ı dünyeviyede dahi kalb, vicdan, ruh için mânevî hastalıklardır."* diyor. Gelin önce hasta olduğumuzu kabul edelim ve şifa bulmak için, temizlenmek için doğru yere müracaat edelim.

Bir hanım ablamızın mektubunu okuyacağım sizlere.

"Selamün aleyküm aziz kardeşim,

Bundan 6 yıl önce Risale-i Nur yarışması olacakmış, hocam da sağ olsun beni layık görmüş bu yarışmaya ve bana gelip dedi ki, 'Bu yarışma için seni düşündüm ne dersin?'

Ben de dedim ki, 'Hocam nasıl olacak ki yapabilir miyim, başarabilir miyim?'

'Yaparsın beraber çalışırız Allah'ın izni ile başarırsın,' dedi.

Birinci Söz'den başlayarak Bismillah dedik. Birinci Söz gibi her hayrın başı olan Bismillah gibi fani katta birinci çıktık, Elhamdülillah. O sevinçle bana verilen hediyeyi eve getirip aileme gösterdiğimde annemin tepkisi, 'Sanki matematik yarışmasında mı birinci oldun, sanki derslerinde başarı sağlamışsın gibi bir de seviniyorsun!' oldu.

Ve hediyeme bakarak, 'Güzelmiş ama ne bileyim işte...'

Ailemin bu tür tepkisi beni düşünmeye sevk etti. Hayatımda bir terslik olmalıydı, kırmızı kitaplar bana sonsuzluğu, daimi mutluluğu fısıldarken ailem fani, kısa, basit şeylerden bahsediyordu. Eğer baki olan şeyler ailemin söylediği gibi dersler ise neden matematikten düşük ya da yüksek not aldığımda üzülüyordum. Hani daimi şeyler mutluluk verirdi? Demek ki ebediyet denilen şey matematik olmamalıydı. İşte benim Risale-i Nur aşkım tam da burada başladı. Ailemden gizleyerek zorla da olsa okudum, terk etmedim, terk edemedim, Elhamdülillah."

"O zamanlar namaza da başladım. Ailem sanki sürekli bana 'Okuluna bak, şu namazla öldürdüğün vakti azıcık da derslerine ayır, boş boş zamanını harcıyorsun, namazını her zaman kılarsın.' diyordu, yılmadan devam ettim. Yatsı namazı okunana kadar dershanede, okulda durup namaz vakitlerini bekliyordum. Ta ki yatsı okunup en son namazımı da kılana kadar. Eğer eve gelirsem, kıldığım namaz gözlerine batabilir, namazlarım kaçabilirdi, bu yüzden dışarıda kılıp namazlarımı eve öyle gelirdim."

Vay ki rahat evlerinde namazlarını kılamayanlara! Vay ki namaza sallana sallana kalkanlara! Vay ki gününe en ufak başka bir iş karıştığında namazını ikinci plana atanlara!

"Sülalem ailemden beter. Evrime inanıp çocuğun adını evrim koyanı mı dersiniz, yoksa kapalı olan karısını zorla açanı mı? Böyle bir sülalede yaşamak çok zor. Bunu en iyi siz anlarsınız.

İnsanlar evlerine rahatlamaya giderler, biz evimize her gittiğimizde yastığımızdaki gözyaşları gün ağarıncaya kadar kurumaz. Bazıları dini anlatıp namazını kıldığı için ailesi için gurur kaynağıdır, biz bunları yaptığımız için yobaz, tarikatçı, geri kafalı, beyni yıkanmış, okusa da adam olmayan insanlar oluyoruz. Beni en iyi siz anlarsınız. Aslında siz bir konuda daha şanslısınız çünkü örtünmek size farz değil ama bana farz. Bu yüzden üç yıldır kapanma mücadelesi veriyorum. Ne zaman bu konuyu açsam kavga, gözyaşı ve küfür eder gibi suratıma kapanan telefonlar. Üç yıl önce kapanacağımı söylediğimde babamın halasının oğlundan yediğim tokat mı kalmadı, babamın, 'Kapanırsan seni evlatlıktan reddederim.' diye attığı nidalar mı yoksa 'Kapanırsan bu eve bir daha gelemezsin.' diye duyduğum cümleler mi... Verdiğim mücadeleye artık son verip kimseye söylemeden, ailemden gizleyerek, izinlerini de almayarak gizlice kapandım, Elhamdülillah çünkü ortada ne izin alacak bir konu var ne de fikir beyan edilecek, haddi aşılacak bir mevzu. Gerek kovulmak gerekse reddedilmek pahasına da olsa bunu yapmalıydım. Bir günah ki, düşünün her gün, her dakika, her saniye kalbim buna daha fazla dayanamadı. Kapandım! Ve kapandığımı sonradan söyledim. Kabul etmek zorunda kaldılar. Ben de sizler gibi Allah izin verirse üniversitem bittiği anda hanımlara özel bir ilim ve kültür derneği açmanın hayaliyle yaşıyorum. Sizler gibi Risale-i Nur'la, yanan imanlar ateşinde insanları kurtarmaya çalışmak tek gayem olacaktır. Bu konuda sizden dua istirham ediyorum. Lütfen dualarınızda ismen beni de unutmayın çünkü bizim dünya değil ahiret parasına ihtiyacımız var.

Selam ve dua ile Allah'a emanet olun."

Vicdanlarımız yeterince sızlayabildi mi? Görünüş itibariyle

baktığımızda her birimiz aynı cennete talibiz, bu ablamız gibi. Ancak yüreklerimiz aynı derece yangına sahip değilken, nasıl olacak bilinmez. Bizler için bu ablamız sadece bir misal. Öyle çok hayatlar var ki, öyle çok acılar var ki... Anlamak isteyene, anlamasını bilene ne büyük dersler veriyor işte o hayatlar, o acılar. Herkes içindeki o yükü, en büyük acı benimkisi diye ifade ederken ne çok unutuyor Rabbinin derdiyle dertlenebilmeyi. Dünyaya bağlanmış dertler mi bizim belimizi büken? Gelip geçmeyecek mi? Sonu gelmeyecek mi? Gelip geçecek dertlere mukabil her şeyin elinde olduğu bir Rabbimiz var iken gözlerimizi kör etmeye ne gerek var? Elinden işin mi alındı, elinden ailen, dostun mu alındı, elinden evin mi alındı, araban mı alındı, sağlığın mı alındı, üzülme! Üzülme çünkü demek ki Allah(c.c.) seni hiç kimseye, hiçbir sebebe bırakmayacak kadar çok seviyor, demek ki Allah(c.c.) bütün sebeplerden arınmış olarak yanında durasın istiyor. Demek ki Allah(c.c.) sana ne büyük merhamet duyuyor ki kimselerin elinde harap olmana izin vermiyor. Bazen Allah(c.c.) bütün kapılarını kapatır, kapatır ki dışarıdaki fırtınadan korunabil diye. Aç ellerini, hakkını ver o ellerin, dua et Rabbine. Bakma üç harf ile böyle kısa yazıldığına, içinde ne olmuşlar, ne olacaklar vardır. Sen yüklerini de al git en iyisi, Rabbine müracaat et. Böyle büyük bir nimet var iken insan nasıl kalp sesini kısıp ellerini açamaz hâle gelir ki? Ne diyor Hz. Ömer(r.a.), *"Duamın kabul edilmemesinden değil, kalbimin duaya ihtiyaç duymamasından korkarım."*

Bazı dualar vardır gecenin bir yarısı sesini yükseltir de yükseltir, oturursun bir köşeye, başkalarının görmediklerine dahi ağlatır durur seni. İşte başkalarının yangınını kendine dert edinmemişlere anlatamazsın bu gözyaşlarını. Daha kendi günahına ağlama cesaretini gösterememiş ki nereden bilsin başkasının günahına yanabilme nimetini... Kör olana hangi renkten bahsedebilirsiniz ki? Dinlenme diyarları sandık bu dünyayı, oysa denenecektik sadece. Yanıldık! Sen gel en iyisi bu dünyadan Rabbin için vazgeç...

Ürpermeyen içlerimiz sıkışsın bugün, yanmayan yüreklerimiz yansın bugün. Neye talip ise ona didinsin, onun için yaşasın bu baş. Allah(c.c.) Yasin Suresi'nin 58. Ayetinde *"Engin merhamet sahibi rabden gelen söz şu olacak: "Selâm size!"* buyuruyor. İşte bizler o selamın peşinde, o selama talip olmak için yaşayalım ve öyle bir yaşayalım ki, ölünce, "Oh be işte kurtulduk!" diyebilelim. Bitti her şey, artık imtihan bitti, acılar bitti, çalışmalar bitti, şimdi Rabbimizin bizden razı olmasıyla hoşnut olma zamanı diyebilelim. Değmez mi? Değmez mi bütün çektiklerimiz Rabbimizin, *"Senden razıyım ey kulum!"* demesine, değmez mi? Savrulup durduğumuz bu dünya koşturmasından sonra iyi gelmez mi hiç ruhlarımıza? Endişe etmeden, telaş etmeden alınan nefesler bile hep bir özlem avunması iken hangimiz talip olmayız ki ah bir tek selama. Biz kalem değil, kalemin yazılan kâğıdı olalım, çizsin bu selam bizi, doğrultsun belimizi. Ne renk isterse o renge boyasın bizi, ne şekil isterse öyle süslesin bizi. Yeter ki gelsin o selam, yeter ki o selam olsun çizen, boyayan, sunan... Yeter ki bir ömrü neye harcadın dediklerinde, harcamadım, o selam için yaşadım diyebilmek nasip olsun. Akan giden nefsin son deminde bir selam ile başlasın uçsuz bucaksız bir huzur, ne dönerim geriye, ne ararım şimdi buraları. Varsın gitsin ellerimden, kaysın, bir gece de ben selam selam diye sallanıp durayım. İstemem bir an bile bakmak geriye, ben selam selam diye koşacağım, ah ettim en çok içime...

Dalından kopardığın bir çiçek kokusunda
zikriyle hemhal olurken sessizce fısılda ruhuna.
Bir çiçek kadar kolay,
O kudrete bir bahar icat etmek...

Allah(c.c.) Kâinatı Yarattıysa...

İçimizde bir yer var ve orası inançları olmadan ayakta duramıyor. Pembe deryalar içerisinde yakın bir arkadaşımıza inanmak istiyoruz, ailemize inanmak istiyoruz, duyduğumuz bir habere inanmak istiyoruz, en başta kendimize inanmak istiyoruz. Güven duymak istiyoruz yani. Ancak bu körü körüneyse işte durum tam da burada sudan çıkmış balık gibi çırpınmaktan başka bir eylem bırakmıyor bize. Pembeler, geceler siyahına tozunu kaçırmışken insan düşünmeye başlıyor. Bir nebze kendini sorgulamaya başladığı o anda nedensiz atlayışlarını fark ediyor. Bakıyor ki sebebi yok aslında, sadece içinde bir yerler var ve o orayı doldurmak istiyor.

İçimizin kuytularına körü körüne atladığımız inançlarımızı yerleştirdiğimizde, ruhumuzda ve bedenimizde inanılmaz sancılar başlıyor. Oysa önce ruhumuzun inanç sistemini tamamlamamız gerekiyor. Sizce inandık demek bir insan için yeterli midir? Kime inandığımızı, niçin inandığımızı biliyor muyuz? Peki, günlük hayatta konuştuğumuz onca kelimenin ne anlama geldiğini? Gerçekten anlamını bilerek, idrak ederek mi konuşuyoruz yoksa konuşmak için mi? Bunun için bir sokak röportajı yapmıştık ve insanlara "Kelime-i Şehadetin" ne anlama geldiğini sorduk. Yani her zaman söyledikleri ve Müslümanlığın en temel basamağı olan ilk adımımızın anlamını sorduk. Neler yaşandığını hayal etmeden önce sizler de lütfen kendinize sorun gerçekten anlamını biliyor musunuz?

Bu röportajda ayrı ayrı kişileri dinledik, ancak aldığımız cevaplar bizi bir bilinmezlik ortasına sürükledi. Ne dediğini bilmemek... Neye inandığını bilmemek... Nasıl bir Allah(c.ç.) olduğunu bilmemek... Sorularla ve sorunlarla devam ettirdiğimiz yaşantımızda bu soru çok ekstra bir soru değil aslında çünkü bizler basit bir ev alırken bile o evimize tapusuyla, deliliyle "Bu ev bizimdir." diyoruz. Basit bir araba için elimizdeki ruhsatı gösterip, bu araba "benimdir"i delil olarak sunuyoruz. Bizim için bu soruyu da benzer kolaylıkta cevaplamak zor olmamalı. Aynı soruyu size yöneltiyorum şimdi. Senin iki cihan saadetinin garantisi olan Kur'an hak kitap mıdır? Efendimiz(s.a.v.) hak peygamber midir? Hak peygamber diyorsan, delilin nedir? Acaba delil düşündün mü hiç? Ailen söylediği için mi inandın? Meleklere iman ediyor musun? İman ettiğini söylüyorsan, melek nedir, daha önce hiç gördün mü, kim söyledi, sadece ailen söylediği için mi inanıyorsun? Allah(c.c.) bilir sen şimdi öldükten sonra dirileceğine de inanıyorsundur!

Tüm bu soruları bilmiyorsan, haberdar değilsen, cevap da veremiyorsan, sorun var demektir. Peki, şimdi nasıl olacak? Yani bir kız arkadaşını ya da erkek arkadaşını tarif edebildiğin kadar Allah'ı(c.c.) tarif edemiyorsan nasıl olacak? Telefonumuzun menüsünde neyin nerede olduğunu bildiğimiz kadar Kur'an'da, bizim kitabımızda ne nerede bilmiyoruz. O zaman nasıl olacak bizim durumumuz, perişanlık olmaz mı bu? Yitip kaybolmaz mı bir ömür yıllar arasından? Üstü başı sefil, kan revan içinde, büyük bir enkazdan çıkmış bedenler perişan olmuş bir haber. Kendi ruhunun sesini duymaz ki başkalarına yetişsin sesinin her bir tonu. Ne ararsın ey kendine yabancı, bu perişanlık içinde neyi arzularsın sen? Çığlık olmuş feryatların enkaz altında bir el uzatılsın diye bekler, sen uzatılan bütün elleri kırarsın. Kur'an'dır en büyük yâr sana, el uzatana, tutup doya doya kokusunu çekene. Anlamlar hiç edilir mi hakikatin ortasında, perişan olursun, dökük kalmış viran evlerde mezarını dikersin de dönüp bakmaz sana o göz koyduğun yalan dünya...

Kelime-i Şehadet getiriyoruz ve aslında ne diyoruz biliyor musunuz? *"Allah'tan başka hiçbir ilah yoktur ve Efendimiz Hz. Muhammed(s.a.v.) O(c.c.)nun hem kuludur hem elçisidir. Ben bunlara şehadet ediyorum."*

Şehadet, müşahede kökünden geliyor. Yani şahitlik ettim demek oluyor. Biz şahitlik ediyoruz bu söylediklerimize. Ama nasıl? Bakın, bir cinayet olduğunu ve benim de bu cinayetin bir tanığı olduğumu varsayalım. Hâkim de beni çağırıyor ve diyor ki, "Bak Mehmet, bir cinayet olmuş. Sen bu cinayete şahit misin?"

Ben de, "Evet, şahidim yani evet ben bu cinayeti gördüm." diyorum.

Yani şahitliğimi pekiştiriyorum. Bizler bir cinayete şahitlik ettiğimiz gibi gündelik hayatta da şahitlik ediyoruz. Allah'ın(c.c.) bir olduğuna, başka ilah olmadığına şahidim diyoruz. Yani ben gördüm, Efendimiz(s.a.v.) hak peygamberdir, O(c.c.)'nun kulu ve elçisidir, ben buna şahidim diyoruz. Bizler ne gördük peki? Bizim gördüğümüz nedir? Bakın az önce hâkim bana beş duyumla gördüğüm bir şeyi sordu, bizim de sormamız gerekmez mi, ne gördün sen ya da ben ne gördüm, biz ne gördük? Problemin membaına bakar mısınız? En çok kullandığımız cümle, Kelime-i Şehadet ve bunun bile ne manaya geldiğini tam anlamıyla bilmiyoruz. Her şeyi biliyoruz ama bizim için bu denli önemli bir cümlenin manasından bîhaberiz. Şahitlik edemediğimiz ya da tam anlamıyla daha neye şahitlik ettiğimizi bilmediğimiz bir şeyin bizi ahirette kurtarmasını mı bekliyoruz? Bilmediğimiz bir konuda kandırılmamız çok kolaydır, şimdi dünyada ve son nefesimizde nasıl kandırılabileceğimizi düşünür müsünüz?

Hadi gelin şu kâinat kitabını gezelim biraz, geze geze bu sorularımızın cevabını bulacağız inşallah. Sizlerle adım adım yürüyeceğiz ve karşımıza çıkan her şeyi sorgulayarak anlam derinliğine ineceğiz. Gezintimiz sırasında bir materyalistle karşılaşacağız ve materyalist felsefe bize diyecek ki, ağaçtan bir elma düşse, yerçekimi düşürmüş oluyor çünkü onun düşüncesi bu yönde. Ben de doğal olarak bir elmanın düşmesine sebep olan bu çekimi görmek istiyorum. Tamam, bu iş yapılıyor, elma istese de istemese de düşme fiiline maruz kalıyor ancak istemediği hâlde düşmeye devam ediyorsa eğer bir elma, demek bu işi yapan ya da yaptıran biri vardır dememiz gerekmez mi? Yok yer çekti, yok gök itti, yok su büyüttü, bulut yağdırdı, yıllarca ezberletip durdular bizlere. Oysa kim gösterebilir yerin çektiğini? Yer çekiyor diyor, ben de diyorum ki gök itiyor. Bilim felsefesi nazarıyla bakarsak, bir yağmur tanesini yer çekti demekle melek indirdi demek arasında hiçbir fark yoktur! Yani yerin çektiğini kim gösteriyor? Materyalist, maddeci felsefe burada çöküyor. Bundan sonra da bizim delillerimiz geliyor. Biz diyoruz ki, kanun iş yapamaz. Birileri yerçekimine, yerçekimi kanunu ismini verdi diye bu kanun iş yapamaz, yaptıramaz. Mesela bulunduğunuz odanın duvarına bir kanun astınız, "Burada sigara içmek yasaktır, şu kadar lira cezası vardır." yazdınız. Birisi de geldi, senin yasak koyduğun yerde sigara içti. Bu durumda senin duvarına astığın yazılı kanun o kişinin elindeki sigarayı söndürüp, ceza yazabilir mi? Yazamaz elbet çünkü kanun iş yapamaz! O kanunun bir uygulayıcısı vardır. Polis vardır, devletin envaı çeşit güçleri vardır. Kanunun iş yapabilmesi için bu güçlerin bulunması lazımdır. Ben de bu sebepten diyorum ki, "yerçekimi yapıyor" demekle bu iş olamaz, bu işe bir uygulayıcı lazımdır. Kâinatı gezmeye devam edelim, gezerek temaşa edelim. Ben gezerken biraz düşündüm ve dedim ki, neye şahitlik edebiliriz? Misal olarak bir ev yansa ve sen bir eline benzin bir eline tiner alıp koşsan, deli derler sana çünkü yangına koşmak için su gereklidir, benzin ya da tiner değil. Oysa suyun oluşması için gerekli olanlar da tiner ya da benzin gibi yakıcı oksijen ve yanıcı hidrojendir. Bu ikisi bir araya gelip suyu oluşturmuştur. Şahitlik nazarıyla gittiğimiz için buraya daha da dikkat edelim ve lütfen bütün dikkatleri bu satırlarda yazılanlarda verelim. Evet, belli bir molekül oksijen ve belli bir molekül hidrojen vardır ama bunların mucize bir şekilde birleşip yaratılmasıyla su oluşmuştur. Demek, bu moleküllerin birleşmesinde bir kasıt var, bir düzen var, bir irade var ve ben şimdi gönül rahatlığıyla şahidim, biri geldi, bunları yarattı ve düzenledi, diyebilirim. Bu şahitliğimiz varken kimse bizi "su büyüttü, bulut yağdırdı" efsaneleri ile kandıramaz, bu yalanlar bizde dikiş tutmaz.

Allah[c.c.] tüm mevcudatı yarattıysa, (haşa) Allah'ı[c.c.] kim yarattı? Bir cevabınız var mı? Bir başkasının bunu size sormasını beklemeyin kendinize anlatmak için bir cevabınız var mı? Eğer biz bu soruda yaratıcı tarifimizi tamamen yaparsak hiçbir problem kalmayacak. Biz Rabbimizi tanımadığımızdan bu problemleri yaşıyoruz aslında ama şimdi Bediüzzaman Hazretlerinin bir cümlesi ile tüm sorularımıza cevap bulacağız:

"Baharı icat etmeyen, bir elmayı icat edemez..."

Şu an kolumda bir saat olduğunu düşünelim, bu saatin fabrikasını icat edemeyen bu saati de icat edemez. Benim kolumdaki saat için üstündeki demirin işlenmesi lazım, içindeki mekanizma için mühendislere ayrı bir çalışma mekânı oluşturulması lazım, kordonunda kullanılacak deri için kocaman deri fabrikası açması lazım... İşte bu koca fabrikaları icat edemeyen, bir saati de icat edemez. Acaba bir elmanın yaratılması, icat edilmesi için ne lazımdır? Bunun için toprak lazım, atom lazım, elementler lazım, minareller lazım. Bunların dışında, elma asidi lazım. Allah[c.c.] karaciğerimi koruyabilsin diye meyve asidi koymuş içine. Bir karbonat iyonu lazım, sindirimi kolaylaştırsın diye. Bakın bir elmanın yaratılmasından bahsediyorum ve devam ediyorum. Güneşin konumunu devam ettirmesi lazım, yani Güneş tutup da ben bir Satürn'e uğrayıp karanfil kokulu bir çay içeyim de geleyim diyemez. Bu durumda, konumunu orada sabit tutması gerekir. Dünyanın daimi bir faaliyete devam edebilmesi lazım. Dahası 1.670 km kendi ekseninde, 108.000 km hızla güneş ekseninde 400 milyar tane yıldız Samanyolu galaksisinde tespih taneleri gibi dönecek de bir elma yaratılacak.

"Bir elmanın icadı için bütün kâinat yaratılmalı..."

Demek elma, elma olabilsin diye tüm kâinat yaratılmak zorunda. Aynı durum bir aslanda da var. Mesela bir aslanın tek ihtiyacı su ve ceylan değildir. Bir aslanın yaratılması için bütün kâinatın yaratılması gerekir. Peki, tabiat ana diye tasvir edilen bir ormanın yaratılabilmesi için sadece su, güneş, yağmur yeterli mi? Bir toprağın yaratılması için bütün baharın icat edilmesi lazımdır.

Baharı icat edemeyen aslanı icat edemez!

Baharı icat edemeyen bir ceylanı icat edemez!

Baharı icat edemeyen güneşi icat edemez!

Dalından kopardığın bir çiçek kokusunda zikriyle hemhal olurken sessizce fısılda ruhuna, bir çiçek kadar kolay O Kudrete bir bahar icat etmek, bir bahar kadar kolay O Kudrete kâinatı icat etmek. Sanma ki yalnızsın bu baharlar içinde, gör büyüklüğü, yaslan o huzurun sahiline, bir çay molasında izin ver güneşe, anlatsın sana bahar ile yaratılışını. Duy ve düşün, gör ve anla baharları, şimdi doya doya çek çiçeklerin zikir esintilerini. İzin ver bedenine hemhal olurken, izin ver gönlüne bir aslan cesaretinde kükresin nefsine.

Kâinattaki her canlının olduğu gibi insanın da ihtiyaçları vardır. Sizce insanın ihtiyaçları sadece lahmacun yiyip su içmek midir yoksa bütün kâinat mıdır? Tüm yaşantısını lahmacun ve su ile geçirmek yeterli gelmez insana. Ben yazarken elma dedim ama senin de benim de ihtiyacım sonsuz.

"Bir şeye ihtiyacı olan her şeye muhtaç" demektir. Benim bir yudum suya ihtiyacım varsa bunun için bütün kâinatın yaratılmasına ihtiyacım vardır. Bu da bize doğruluyor ki, her şeyin ihtiyacını gideremeyen, bir şeyin ihtiyacını gideremez!

"Bir baharı icat edemeyen bir elmayı asla icat edemez..." Şimdi soruyorum, bizim kâinattaki tüm ihtiyaçlarımız karşılanıyor mu? Mesela çok yetenekli bir aşçı olsa karşımda ve ben bu aşçıya desem ki, yarın okulda öğrencilere yemek vereceğim, 500 öğrenciye yemek yapacaksın ama kim ne yemek istiyorsa teker teker özenle yapman gerekir. Ardından sevdiğimiz bir abimizin düğünü için 3.000 kişi gelecek ve her birinin istediği yemeği özenle yapacaksın. Bunların dışında 10.000 kişilik yemek istiyorum. Tüm bunlar elma isteyene elma, armut isteyene armut, revani isteyene revani, aklına ne yemek gelirse artık. Hepsini ayrı ayrı yapacaksın ve sadece bir haftan var desem, ne yapar o aşçı? Muhtemelen işi bırakır :)

Başta kâinat kitabını inceleyelim demiştik, peki bu kâinat kitabında ceylanından aslanına, gergedanından tahta kurduna kadar hepsi rızkını buluyor mu? İşin garip kısmı şu ki, hepsi rızkını bulmaya da devam ediyor. Kâinattaki sayısız ihtiyaç, sayısız rızka ihtiyacı olan mahlûkat, hepsi rızkını buluyor. Devamlı bulmaya da devam ediyorsa "sonsuz bir rızık verme faaliyeti var" demektir! Benim bir saatimin icadında ilim lazımsa, bir kuvvet lazımsa, bir saatin icadında bile ilim ve kuvvet kullanıyorsam, kâinatın sürekli yaratılışında, bir insan vücudunda bir trilyon hücre ve her hücrede takriben bir milyon atom varsa, saniyede 50 milyon hücre yıkılıyor ve 50 milyon hücre yeniden yapılıyorsa, kim yapıyor bu faaliyetleri, diye sorarlar insana? Sonsuz ilim olmadan, sonsuz kuvvet olmadan bunların yapılması mümkün müdür? Demek ki problem tam şurada, yaratılan şeyler, yani bizler yaratıcı olamayız çünkü bir elmayı icat etmek için koca baharı icat etmek lazım gelir. Bütün kâinatın ihtiyacı sonsuzken, bu sonsuz ihtiyacı karşılayanın hiçbir şeye ihtiyacı olmayan bir zat olması zorunludur. Biz bu sonsuz kudret sahibine ALLAH(c.c.) diyoruz. Bu sonsuzluk bazı yerlerde mantık hatasına sebep oluyor. Mesela, "sonsuzla sonsuz+500" aynı şey, "sonsuzdan 7 milyar çıkarsan" yine sonsuz eder çünkü sonsuz bir sayı değildir. Ama tutup sayı gibi kullanıyorlar. Kendileri gibi düşündükleri için problem yaşıyorlar. Bir marangoz düşünelim, hiç yaptığı masayla benzerliği olan bir marangoza denk geldiniz mi? Marangoz hayat sahibi, masa ise cansızdır. Marangozda olan el, ayak, göz, kulak masada mevcut değildir çünkü sanat sanatkâra benzemediği gibi sen de senin sanatkârın olan Rabbine benzemiyorsun. Yaratılan, Yaratıcı olamayacağından, bütün kâinatı yaratan Allah'ı(c.c.) yaratan olamaz! Demek bu soruda ciddi bir mantık hatası var. Neye benziyor bu biliyor musunuz? Ben senin varlığını kabul ediyorum, senin dedenin de varlığını kabul ediyorum ama baban dünyaya gelmemiştir, babanın varlığını inkâr ediyorum. Oldu mu şimdi?

İlk sorumuz neydi, Kelime-i Şehadetin anlamıydı. İşte şimdi gönül rahatlığıyla diyoruz ki, bu kâinat kitabına bakarak, Sen'den başka İlah olamaz Allah'ım(c.c.) ve Sen Yaratıcısın yaratılan olamazsın! Şahitliği görüyor musunuz? *"Bil ki Allah'tan(c.c.) başka hiçbir İlah yoktur"* (Muhammed Suresi 19). İşte şimdi hem bu dünyada hem kabirde böyle şahitlik yapabiliriz. Allah(c.c.) bir elmayı dahi bize ayet olarak göndermiş. Ayet delil demektir. Biz bu delilleri görmez, ayetleri okuyamazsak, problem yaşarız. Günaha çok rahat girmemizin bir sebebi de bu. Şahitliğimizin anlamını idrak ettiğimizde, gönlümüzdeki, gözümüzdeki perdeler de artık kalkmaya başlıyor. Yağmuru buluttan bilmiyoruz, rızkı patrondan bilmiyoruz, yapabildiğimiz şeylerin aslında kudretinin bizde olmadığını anlayabiliyoruz. Neden ilk basamak şahitlik, anlıyor musunuz? Birliğine, kudretine şahitlik edemediğiniz bir davanın taklidi çöplüklerinde kokup tükenmez misiniz? Hem varlığını bilmese, insan ne yöne adım atsa yok saymak zorundadır kendini. Şahit olmasaydı ellerine bir bardağı tutabilme gücünü bulamazdı ki kendinde. Bir tane değil, tam on tane verilmiş parmaklarına ait sanata şahitlik etmeseydi eğer rahmeti anlayabilir miydi? İnsan, ayet ayet bu birliğe şahit olmazsa hakikatleri ruhunda soğutmuş olur. Gönlü soğur, bedeni soğur, buz tutar her bir göz meydanı. İşte bu yüzden, bil ey nefsim! Rabbim midemin işleyişinden, burnumun nefes almasından, göz kapaklarımın sürekli kapanıp açılmasından bana, yani insana bir yük değil rahmet vermiş. Eğer bunun işleyişi bana bırakılmış olsaydı ikinci bir işe asla yoğunlaşamazdım. Ayakkabılarımı bağlamak dahi belki benim ölüm sebebim olacaktı. Belki de yemek yerken nefes almayı unutup ölecektim. Belki de göz kapaklarımın açılıp kapanmasını ayarlamaya çalışırken acizliğime yenik düşecektim. Rabbimiz bu nimetleri biz dünyaya dalalım diye, bu azalarımız ile günah işleyelim diye vermedi. Öyleyse Allah'ın verdiğini O'nun yolunda hakikatli bir şahitlik yapmak için kullanmalıyız. Yoksa bütün azalarımızın gün gelip bizden şikâyetçi olmaması nasıl kaçınabilecek bir son olabilir ki?

İnanmamak için neden bu kadar kör olmayı seçersin ey insan? Dünyanın en güzel manzarasına kadar dağları, tepeleri aşmışsın, istiyorsun ki bir soluklanayım. Tam karşında işte o an derken, sen gözlerini kapatıyorsun. Nasıl manzaradan hak talep edebilirsin? Manzara senden şikâyetçi olmaz mı? Gözlerine büyük bir çelişki doğmaz mı? Nefsine inanıp da heba etme o gözleri, heba etme bu hazdan kendini. Elbet anlarsın kapılar kapanıp kovulduğunda bu topraklardan ama gel etme naz, sen daha hastayken kendine yenik düşen bir bedensin.

Gel, aç gözlerini, erisin bütün enaniyetin, kaybolsun bütün diklenişlerin. Yetmez bir beden bu yolda yaşamaya, sen ruhunu da al gel kırılan zincirlerin arasında. Yürü yürüyebildiğin kadar dilinde tek bir kelamla, Allah(c.c.) elbet vardırır seni yoluna, elbet kavuşursun var oluş amacına, sen yürü yürüyebildiğin kadar, elbet yolun sonu varıştır sana...

Gelirken kendin getirmediğin,
giderken de gitmelerine mani olamadığın için
bu mülke benim diyemezsin!

Bütün Dertlerinizin İlacı Bu Yazıda

Yüreğinin sıkıştığı, ruhunun seni dört duvar arasında bir kareye sığdırdığı bazı anlar vardır. Ne yaparsan yap geçmez o dertler, orada durur sanki. Kime gitsem, kime anlatsam der durursun. Bazen ikinci bir ses dahi duymak istemezsin. Bilirsin, aslında seni anlayacak, sana ilaç olacak kimse de yoktur. İşte ben size gecelerin ay ışığı altında, sizi uyutmayan, bir sağ yanınıza bir sol yanınıza döndüren o derde bir ilaç sunmaya geldim. Yanınıza bir bardak nasip suyu alın, yürek hasret duyarken ilaca, aksın gitsin bütün damarlarda. Geceler huzura açsın kapılarını, ay hakikatler anlatsın bir uyku molasında. Bölemesin zehirli sesler yol tutmuşken kendine karanlıkları. Değemesin hiçbir nefis, şifa arayan gönüllerde mesken tutan nasiplere...

Bir mola olsun hayatın dert yığınlarına, bir tutamlık gülüş olsun bu yazı rahat bir nefes almak için çabalayanlara. Nereden geldiyse dert, oranın kokusunu sindirsin üzerimize, yabancı saymayalım, şöyle buyur edelim iki kelimenin ortasına. Dinlemeyi bilelim, konuşmaktan ziyade susmayı tadalım. Belli ki uzun yollardan geliyor, belli ki anlatacakları var, dert dediğin bölüşülür iki kelimesinin anısında. Giden de müjdeler geleni, gelen de müjdeler gideceğini. Ne fark eder bir vakit diliminde mesken tutan dertler, merhemi var ise sürmek düşmez mi başa? Rafa asılan ilaçları indirelim bu yazının ortasında, bir bardak nasip suyu can versin şimdi ruhlarımıza. Akıp giderken su yolunda, satırlar sizi çıkarsın baharlara...

İnsanın boğulduğu su onun okyanusudur. Kimi bir damla suda boğulur kimi bir bardak suda kimi de bir kova suda boğulur. Her insanı boğan bir dert vardır. Kiminin derdi eşiyledir kiminin evladıyla kiminin de malı, mülkü, sağlığıyladır. Herkes derdinden bir çıkış kapısı arar. Sığınacak bir liman bulmak ister. Her insanın sığınacağı bir liman vardır o da Kur'an-ı Azîmüşşan'dır. Said Nursî Hazretleri tüm dertlerimize derman olacak reçeteyi Kur'an eczanesinden şu cümleler ile bildirir: *"Mülk umumen O'nundur*[c.c.]*. Sen, hem O'nun*[c.c.] *mülküsün, hem memlûküsün, hem mülkünde çalışıyorsun."* Yani mülk Allah'ındır[c.c.]. Senin araban, annen, baban, taktığın saat, dükkânındaki mallar, pazarda açtığın branda, ayağındaki çorap, kaşındaki kıla kadar sahip olduğun her şey umumen O'nundur[c.c.]. Sen hem O'nun[c.c.] mülküsün, hem memlûküsün... Kölesisin sen O'nun[c.c.]. Madem öyle içinden çıkamadığın dertlerinden kurtulup, rahatlamak istediğinde kendine de ki: *"Sen bir kölesin, ayağı prangalı, kulağı defalarca delinmiş bir köleden başka bir şey değilsin... Sen istekli olsan da olmasan da Rabbinin kölesisin. Tek derdin de O'nu razı etmek olmalı!"*

Senin görevin yalnız sahibinin mülkünde işçi olmak. Kölelik için gönderildiğin şu âlemde evini, işini, hanımını, çocuğunu, muhabbet duyduğun herkesi nasıl sahiplendiğini düşün ve lütfen burayı titreyerek oku. Tekrar ediyorum, *"Sen hem O'nun mülküsün, hem memlûküsün, hem mülkünde çalışıyorsun..."* Çalışıyor kelimesi! Bakın çalışıyor diyor, muhtemelen bir mesleğe sahipsindir, hayat için maddi manevi çalıştığın bir şeyler vardır. Sen değilsen de çevrende çalışan birileri elbet vardır. Bir işe sahip olanlar, iş yerlerinde, dükkânlarında ya da ofislerinde tüm gün çalışır vaziyetteler. Peki, bunlar geceleri de uyuyor mu dükkânlarında ya da pazarda ya da bir devlet dairesinde, uyudukları oluyor mu? Tıraşlarını, bakımlarını yapıp duşlarını da orada alıyorlar mı? Peki, evlerine gelen misafiri orada mı ağırlıyorlar? Değerli eşyalarını, kitaplarını, gardırobunu, kıyafetlerini çalıştıkları yere koyuyorlar mı, yani bunlar ömür boyu burada kalsın, artık hayatımı burada idame edeyim, diyorlar mı? Tüm bu sorularıma olumsuz cevap verdiğinizi duyar gibiyim çünkü insan çalıştığı yerde kalmaz, bir marangoz, marangozhanesinde kalmaz. İşte dünyayı kendine dert edinen, faniyi dert bilmiş, gözleri, zihni bu satırlarda gezen sen de burada sadece bir çalışansın. Hiç dert etme, sen de burada kalmayacaksın. Hatta istesen de kalamayacaksın! Eğer dünya ebedi olsaydı, insan içinde ebedi kalsaydı, ayrılıklar, hüzünler, acılar ebedi olsaydı üzülmenin de bir manası olurdu ama üzülme, bunlar ebedi değil çünkü insan çalıştığı yerde daimi kalmaz. Göçüp gideceğiz buralardan ve dert ettiğimiz her ne varsa onlar da göçüp gidecek bu dünyadan.

Ve Üstad devam ediyor, *"Şu kelime, şöyle şifalı bir müjde veriyor ve diyor: Ey insan! Sen kendini, kendine mâlik sayma çünkü sen kendini idare edemezsin. O yük ağırdır, kendi başına muhafaza edemezsin, belâlardan sakınıp levazımatını yerine getiremezsin."*

Vücudumuzdaki fonksiyonların bizi nasıl hayatta tuttuğunu bilmiyoruz. Yaşamımız iki nefesten oluşuyor, o nefesi alamazsak ölürüz, aldığımız nefesi tekrar veremezsek yine ölürüz. Ne muazzam bir meziyet, ah bir parça nefes... Günde kaç kere nefes aldığımızın bile farkında değilken, her nefes alışımızda bir yaşam mücadelesi kazandığımızın farkında mıyız? Bakın tam şu anda bir nefes aldınız, tebrikler, hayattasınız! Bizler bir nefesin sahibi miyiz? Madem öyle, bu kâinatı tespih taneleri gibi elinde çeviren kimse, işte benim bütün dertlerime, senin bütün dertlerine, bizim bütün dertlerimize, bütün yaralarımıza da ancak O(c.c.) merhem olabilir. Bunlar maddi olarak ellerimizin yetmedikleri, bir de maneviler var ki içler acısı, bazen öyle bir buruklaşırsın, içindekiler öyle bir susturur ki seni, sığabilecek kadar bir köşeye geçersin, Rabbinle yalnız başına kalırsın ve dersin ki, "Ya Rab! Beni şu köşe de kırdılar burada öyle canımı acıttılar ki, bana burada çok yüklendiler... Ya Rabbi beni anlamadılar. İnan mecalim kalmadı. Öyle kırgınım, öyle yorgunum ki. Bilirim, bilirsin ama ne güzeldir yine de Sana dökebilmek içimi." dediğin anda, *"Öyle ise, beyhude ıstıraba düşüp azap çekme. Mülk başkasınındır"* de ve artık dertlerine el salla. Yolcu etmene bile gerek yok, senin değil ki giden misafirler. Oyalanma, yitirme ömrünü sahip olmadıkların arasında. Bir sabah uyanıp güneşin faturasını düşündün mü? Yağan yağmurların faturasını hesaba kattın mı? Faturanın son günü ne zamandı diye gün saydın mı? Var mı ki bir hakkın düşünesin. Elbet düşünmedin, her ne kadar benim diye sahiplensen de senin olmayan bunlara ruhun haykırıyor, mülk başkasının diye! Öyleyse dertlerine artık el salla. Senin olmayanlar arasında boşuna ıstıraba düşüp de oyalanma!

Bir arkadaşınız ile, bir kafeye gidip oturduğunuz anı bir düşünün. Gittiğiniz o kafede bulaşığı düşündüğünüz oluyor mu, kafenin lambalarının kaç volt yediğini düşüyor musunuz, o ayki elektrik faturasını, işçilerin maaşını, sigortasını, kafede kaç bardağın olduğunu, düşünüyor musunuz? Hayır, çünkü mülk başkasının. Kâinatta oğlun, hanımın, işin, gücün, son model arabanla elin hiçbir şeye yetişmiyor. Oysa senin ulaşamadığın her şey için Cenabı Allah'ın istemesi kâfi geliyor. Madem bunlar senin mülkün değil, o zaman bırak, mülk sahibi dilediğince tasarruf etsin. Bu, sebeplere riayet etme demek değil, kalben alakadar olma demek. Nasıl kafede diğer işler ile mülk başkasının diye alakadar olmuyorsan, başına gelen sıkıntılarda da senin elin o kadar yükseğe ulaşamayacağından bırak mülk sahibi, istediğini yapsın. Zira rahatla, "Lehül mülk" mülk başkasınındır. En büyük derdi ne ola ki 25-30 yaşlarında bir insanın? Rızık olacaktır elbette. Kâinatta ceylandan karıncaya, böcekten solucana, tarantuladan tavşana, aslandan kaplana, gergedandan zürafaya ve hareket edemeyen bitkilerden ağaçlara, güllere, sümbüllere kadar hepsinin rızıkları ayağına kadar gidiyorsa ve bu iş devamlı bir şekilde yapılıyorsa endişelenme. Okyanusun dibinde gözün görmediği böceklerin, o yosunların bile rızıkları veriliyorsa, demek ki sonsuz kudret sahibi bir Rezzâk var ve senin rızkını da unutmaz, sen rahat et. Mülk başkasına ait, senin değil. Sebepleri kullandıktan sonra en iyisi Rabbine tevekkül et. Gelirken kendin getirmediğin, giderken de gitmelerine mani olamadığın için bu mülke benim diyemezsin. Allah(c.c.) rızkını garanti olarak veriyor ve diyor ki, Ben sana rızkını vereceğim, sadece senden ufak hareketler bekliyorum. Hatırla ki, sen anne karnında hiçbir hareket yapamazsın diye seni karın boşluğundaki hortumdan besledi Yaratan, bakıp iman etmelisin ki bu Rezzâk seni unutmadı ve verdi rızkını. Sen biraz daha büyüdün, elini ayağını ve ağzını oynatabilir kabiliyetlere eriştin ve senden sadece ağzını oynatman istendi, sonrası ise meme musluklarından hayatta kalmanı sağlayacak bir ab-ı hayat... Biraz daha büyüdün, elin, ayağın, kolun, koşar, oynar oldun artık. Ağzınla konuşur oldun ve sana gözünü açtığında anne-baba diye bildiğin iki ev direği verildi, merak etme, çalışmana gerek yok, sokakta top oynamaya devam et çünkü Allah(c.c.) nasıl bir ağacın dalları eliyle meyve veriyorsa, onların elleriyle de rızkını vermeye devam edecek, sen sakın endişe etme... 25-30 yaşlarına geldin, sana sosyal bir hayat verildi, sana çok güzel bir dimağ verdi, ticaret yapabilecek insanlar verildi ama O'na(c.c.) iman et. Allah(c.c.) senin rızkını tekrar verecek, tek istediği, verdiği nimetlerin şükrünü eda etmen, yalnızca O'na(c.c.) iman et. Senin Rezzak'ın sana iş olanağı sağlayan patronun değildir, senin Rezzâk'ın Allah'tır(c.c.), "Lehül mülk" de, iman et, tek bu isteniyor senden... Patronun iş yerinde namaz kılmana mı izin vermiyor, patronun tesettürüne mi karışıyor, sakın duyma gerisini, sen Rabbine iman ettiysen, sırf Rabbinin rızası için, sırf Rabbinin emirlerini yerine getirmekte zorluk yaşadığın iş yerinden ayrıldın diye endişe etme, kıymetini bil bu duygunun. Kıymetini bil Rabbin için elinin tersiyle ittiklerinin. O'na tutun çünkü mülk O'nun. Allah(c.c.) nasıl isterse mülkünü öyle kullanır, Allah(c.c.) nasıl isterse sana da o mülkü o yolla kullanmana izin verir. Sen yeter ki rızık vericin patronun sayma, onun bir sebepten öteye gidemeyeceğini bil. Bilemezsin Allah'ın(c.c.) sana hangi hayırlı kapıları açacağını. Hem Allah(c.c.) bir kapıyı kapatınca diğerini açmaz. Açtığı başka bir kapı olduğu için sana o diğer kapıyı kapatmıştır. Unutma, hesaba çekileceğin şey asla kazandığın kâğıt miktarı olmayacak. Sadece o kâğıtları nerede harcadığın, hangi hayırlarda kullandığın ya da kullanmayı tercih etmediğin olacak.

"O Mâlik hem Kadîrdir, hem Rahîmdir. Kudretine istinad et, rahmetini ittiham etme. Kederi bırak, keyfini çek. Zahmeti at, safâyı bul."

Görmüyor musun etrafındaki firavun mezheplerini? Ne servi revan canlar, ne gül yüzlü sultanlar, ne Hüsrev gibi hanlar çamlar gibi devrildi görmüyor musun? Sana da kalmayacak... Karun da kalmadı, o kadar hazinesi vardı. Dünyaya adımı duyuracağım diye çıkan Büyük İskender'in 33-35 yaşlarında ölmesi sana hâlâ bir şeyler göstermiyor mu? Nemrut mu kaldı? Sen de kalmayacaksın. Şahlanma! Bunları dert etme, Rabbini tanı ve O'nun[c.c.] mülkünde memlûk olduğunu bil, tekrar et, "Ben, ayağı prangalı, kulağı defalarca delinmiş bir köleyim. Arkadaşımı tanıdığım kadar Seni tarif edemiyorsam ben hiç memlûk gibi davranmıyorum, affet ya Rabbi affet!"

"Hem der ki: Mânen sevdiğin ve alâkadar olduğun ve perişaniyetinden müteessir olduğun ve ıslah edemediğin şu kâinat, bir Kadîr-i Rahîmin mülküdür. Mülkü sahibine teslim et. Ona bırak, cefâsını değil, safâsını çek. O hem Hakîmdir, hem Rahîmdir. Mülkünde istediği gibi tasarruf eder, çevirir. Dehşet aldığın zaman, İbrahim Hakkı gibi 'Mevlâ görelim neyler / Neylerse güzel eyler' de, pencerelerden seyret, içlerine girme."

"Dil bekası, Hakk fenâsı istedi mülk-ü tenim, Bir devâsız derde düştüm, ah ki Lokman bîhaber."

İnsanım, gönül ve kalbim beka, yani kalıcılık isterken, bu dünyada ebedi yaşayayım diye zalimane nefsim nidalar atarken, Rabbim yaratmış fani bir beden. Düşmüşüm bu derde yoktur ki Lokman'da bir çaresi. Çalsam bir nur kapısı, var mıdır ki bir yol ayrımında bir çaresi? Buyur etti içeriye bir gönül ilhamı. Açıldı gözümde nur yüzlü yollar hanı, Hakk, dedi, ölüm yok olmak değildir. Ey nefsim, dur hele ben bir yaşamasını becereyim, elbet gelecektir kalıcı günlerin de baharı. Cennete mi açılır, cehenneme mi işte orası bu dünyada bir yoldur, şimdi asıl derdim de budur. Düşmüşüm şimdi bir derde, dermanı Rabbimde, ben Hakk dedikçe uçsun gönlümün ortasından beyaz nurlu güvercinler. Kanatlarını çırpa çırpa, Hakk dedikçe içim açılsın baharlara, solmaz, düşmez bir danedir içimin kıyılarında...

Geçmişte yaptıkların boğazına kadar seni kilitlese de bu dünya zindanına, hakiki bir tövben yeter zindanların kepenklerini kırmaya.

Allah(c.c.) Neden Ruhumun Daralmasına Müsaade Ediyor?

Çiçekli bir bahçenin ortasında, kokularla mest olmuş yürürken bir anda elinize bir diken batar. Parmağınız dikenin etkisiyle sızlarken, kalbinizde bir şeyler hissedersiniz. Ruhunuz artık daralır da daralır. Nereden çıktı bu diken dersiniz, belki görmek, duymak, yerini bilmek dahi istemezsiniz. Oradan kaçıp gitmek, başka diyarlar keşfetmek istersiniz. Ancak ne fayda! Elinizden çıkartamadığınız diken her yere sizinle gelecektir.

Hani olur ya bazen durduk yere ansızın içiniz sıkılır, sebebini arar durursunuz ama bulamazsınız. İşte gül bahçesinde gezerken sana batan o dikendir daralma. Sabah uyandığında cıvıl cıvıl, sanki köy düğünü var gibi eğlenirken, o gül kokuları arasında mest olmuş yürürken aradan geçen bir saat neler alır gider senden. Ne kadar siyah bulut varsa karaborsadan yeni alınmış gibi hepsi üzerini kaplar, için sıkışır, kalbin daralır, ruhun bunalır, canın hiçbir şey yapmak istemez, yataktan çıkmak dahi istemezsin, bu hâlden kurtulamazsın, daralır, daralır, daralırsın...

İçinde tarif edemediğin bir boşluk, anlam veremediğin bir darlık seni bıktırır, usandırır. İşte bu hâle *kabz hâli* denilir. Kabz ne demektir derseniz, kelime manası tam olarak pençenin arasında sıkışmak demek. Hani bir anda değişen ruh hâlinize anlam veremezsiniz, az önce rengârenk süslenmiş duvarlar arasında gökyüzünü anımsarken bir anda o duvarların üzerinize üzerinize meydan okuduğunu hissedersiniz. Hani bir anda baharda açan çiçekleriniz buz tutmuş olur. İşte bütün bunlar sizin ruhunuzun kabz hâlleri. Risale-i Nur'da şöyle bir bahis geçmekte, *Molla Said'in iki mutezad hâli vardır,* yani birbirine zıt, anlam verilemeyen iki hâli vardır. *Birincisi, fikrinin münkeşif bulunduğu vakitler ki, her ne eline alırsa onu anlamaması mümkün değildi.* Münkeşif, keşiften aklınıza gelebilir, yani böyle her şeyden bir mana çıkarılabilen vakitlerdir.

İkincisi, fikrinin münkabız bulunduğu vakitler ki, mütalâa değil, konuşmaktan bile hoşlanmazdı. Münkabız da kabızdan aklınıza gelebilir, yani fikir çıkmıyor ve orada bir mana doğmuyor.

Bizde letaif denilen manevi organlar mevcut. Yani manevi olarak Allah ile bağımızı sağlayan letaiflerimiz mevcut. Nasıl ki kol kasınızın güçlü olmasıyla beraber birçok ağırlığa dayanabilirsiniz, aynen öyle de letaif, diğer ismiyle latifelerinizin güçlü olmasıyla da bu manevi kabz hâllerine dayanabilirsiniz. Yani cümleye tersinden bakarsak, letaifleriniz, yani latifeleriniz zayıf olduğundan dolayı kabz hâllerine dayanamazsınız. Bedeninizi günde üç vakit besleyip ruhunuza aynı gıda takviyesini periyodik olarak yapmazsanız, bir insanın manevi organı, yani letaifleri de kas sistemi gibi çöker ve mahvolur. İnsan için en ufak bir ümitsizlik tablosu çizildiği anda, planlandığı gibi gitmeyen en ufak bir iş sistematiğinin içinde gözünü açtığı anda birden pençe içinde sıkılmış gibi kabz hâli başlar. Araba kullanma becerinizin yeterli olmadığını düşünelim, hatta gazın ve frenin yerlerini dahi ayırt edemiyorsunuz. Bu durumda trafiğe çıkmanız mümkün olur mu? Hadi trafiğe çıktınız diyelim, bu beceriniz yetersiz iken kaza yapmamanızı beklemek mümkün mü? Demek ki bizler Allah(c.c.) ile bağımızı ne kadar kuvvetlendirirsek, latifelerimiz ne kadar güçlenir ise o kadar da hayat trafiğinde kaza yapma oranımız azalır. Geriye çektiğimiz dertlere mukabil de koca bir şükür kalır.

Bediüzzaman Hazretleri talebelerinden Zübeyir Gündüzalp Abi kabz hâli için şunu söyler, *"Bir insanın kabza yani o darlık anına girdiği vakit Cenabı Allah'ın esmasının içine aktığı vakittir"* der. Biraz kendi kabz hallerimizi hatırlarsak ne kadar kötü ve berbat bir hâl olduğunu anımsayabiliriz. Ancak Zübeyir Abi'nin dediği yönden bakabilirsek, aslında ne kadar başka bir hâl olması gerektiğini anlarız. Mesela Allah'ın(c.c.) Ya Şafii ismi şifa veren demektir, şifa bulmanız için önce hasta olmanız gerekir değil mi? İşte tam da bunun gibi, Cenabı Allah'ın esmasının içimize aktığı vakitler için kabz hallerinde olmamız gerekir.

Kabz hâlinde birden daraldığımız, anlam veremediğimiz, içimizden hiçbir şey yapmanın gelmediği, herkese kötü tablolarla bakabildiğimiz, dünyanın sonsuz gibi geldiği ve bu yüzden de dertlerimizden kurtulamayacağımız fikri doğduğunda, dertler, belalar devam edecek gibi geldiğinde dikkat etmemiz gereken bir konu var. İşte tam burada şeytan bizi yenmek için kurnaz hamlelerle saldıracaktır. Peki, bu durumda neler yapmamız gerek derseniz kesinlikle şunlara dikkat etmek zorundasınız:

Kabz hâlinde önemli kararlar almayın.

Kabz hâlinde ince teferruatlara takılmayın.

Kabz hâlinde zihin bir parça kapalı olduğundan dolayı ruhu ihtiyacı olduğu evrad-u ezkâr, virde ve zikre doyurun.

Kabz hâlinde bulunduğumuz yerde sabit kalmayın ve mutlaka yerinizi değiştirin çünkü kabz hâlinde bulunduğumuz yer metafiziksel olarak bunalımlı bir hâle gelmiştir, mutlaka yer değiştirmek gerekir. Su sesi dinleyebileceğiniz, tabiatla iç içe kalıp Rabbinizi tefekkür edebileceğiniz ve size şefkatle yaklaşabilecek dostlarınızın mutlaka ve mutlaka yanına gitmeniz size iyi gelecektir. Sabit bir yerde kaldığınız anda bu hâlden kurtulma imkânınız çok zordur. Bu dört öneri çok önemli.

Allah(c.c.) bana dese ki, *"Kulum, seni bir daha dünyaya getireceğim, Benden ne iyilik istersin?"* Derim ki, *"Ya Rab! Hayatımdan ergenlik dönemini al, o dönemi hiç yaşamayayım."* Ergenlik süreci o kadar bunalımlı bir hal ki, sürekli için daralıyor sebebini bilmiyorsun, yolu bilmiyorsun, sıkılmışsın, daralmışsın, kalmışsın öyle yani. O zaman biri gelse, bak Allah(c.c.) var falan dese, tamam, Allah(c.c.) var, biliyorum ama nasıl bir Allah(c.c.) var, beni neden yaratmış diye düşünürüm. Çok bilinen bir kültürden de çıkmadığım için yaşadığım sancılardan dolayı, "Ya Rab, bunalımlı, sürekli kabz hali, tonla manevi hastalık, marazı ruhi hâli olan ergenlikten beni kurtar" derim. Özellikle o dönemde vesveseler çok gelir. Mahveder insanı. Zaten ruhun sıkışmış, bir de gelen vesveseler ile kalbin sıkışır, zihnin sıkışır. Dört duvar ortasında bedenin daralırken, iç organların arasında da sen daralır durursun. Dünya sanki seni almış da sıkıyor gibi gelir. Rahat bir nefes almak, dünyaya sığmak, hatta en çok da içine sığabilmek istersin. İşte tam da burada devreye bast hâli girer.

Her şeyin bir zıddı olduğu gibi kabz halinin de zıddı vardır. Bu da *bast hâlidir.* Yani kabz hâli darlık iken, bast hâli genişlik halidir. Kabz ve bast, şükür ve küfür gibidir. Habil ve Kabil gibi iki kardeştir. Nasıl ki güneşi dünyadan çekersek onun gitmesiyle karanlık gelir, aynen öyle de şükrü çekersek yerine mecburen küfre komşuluk gelir. Cenabı Hakk bazen insanlara bast hali, yani bol şükür edebilme halleri verir. Bu hal içinde rahatsındır, huzurlusundur ve Rabbinin her verdiğine can-ı yürekten şükredeceksindir. Okuması belki kolay gelebilir ancak bu oldukça zor bir haldir. Bast halinin hakkını verebilmek hakkıyla şükrü gerektirir. Şükür konusunu bir misal ile netleştirelim. Mesela oturduğun yerlerde, "Allah(c.c.) bana bunu verdi Elhamdülillah, kurban olduğum Yüce Yaradan bunu verdi ay çok şükür Rabbimin Keremine..." derken Allah'ın(c.c.) verdiğini söylediğin bu nimetler seni Allah'a(c.c.) yaklaştırmıyor, bilakis seni Allah'tan(c.c.) uzaklaştırıyor ve sen hâlâ Elhamdülillah diyorsan işte onlar nimet değildir. Onlar Allah'ın(c.c.) laneti birer nikmettir! Çalışmayı çok sevdiğin bir işin olduğunu düşünelim ve sen öyle yoğun çalışıyorsun ki gece gündüz vakit ayırman gerekiyor. Buradan kazandığın bir gelir var aynı zamanda, bu geliri kazanmak için de verdiğin bir zaman var. Ancak bu kadar çalışmanın arasında namazların aksıyor, hatta belki artık kılmıyorsun, duaların aksıyor, Rabbinle vakit geçiremiyorsun, hep bir koşturma içindesin. Bu nimet olabilir mi? Senin Rabbin ile geçireceğin vakti çalan bir iş nikmetten başka bir şey değildir! O yüzden, kabz hâli yine bir nevi şükredilebilecek bir hâldir çünkü bir insan kabz hâline girmişse, etrafında çok fazla da imkân yok ise, zor da olsa buna sabrederek kurtulması bir süreç içinde mümkündür. Ancak bast hâlinde o rahatlık hâlinde Allah'ın(c.c.) huzurunda, Allah'ın(c.c.) istediği gibi bir kul olabilmek gerçekten de çok güç bir meseledir. Bizler biliyoruz ki her şey zıddıyla bilinir. Yani senin o başına gelen darlık anları, o sevmediğin musibetler aslında mutlu olduğun anların kıymetini artıracak keşif sistemleridir. Yoksa içinde yaşadığın o güzel hâl alışkanlık olur, ülfet olur ve bütün lezzetini kaybeder. Mesela ayak serçe parmağınızın iltihaplandığını ve her gün o iltihabı neşterle boşaltmanız gerektiğini düşünün. Bu süreç aylarca devam ettikten sonra bir gün ayağınız iyileşse, "Ya Rab Elhamdülillah benim ne kadar kıymetli bir ayak serçe parmağım varmış meğer." dersiniz. Çünkü yürümenizi, oturmanızı, namaz kılmanızı, koşmanızı, ayakta durmanızı, uyumanızı, kitap okumanızı, aklınıza gelebilecek her şeyde aslında ne kadar etkili olduğunu anlayabiliyorsunuz. Belki sağlıklıyken bu kadar dikkat etmeniz mümkün bile değildir, kendini yokluk zamanında gösteriyor ve siz o zaman asıl önem verme, şükretme tadına kavuşabiliyorsunuz. Yani her şey zıddıyla biliniyor.

Allah(c.c.) bu kabz ve darlık anlarını bizlere yaratmasaydı belki de verdiği nimet, şükür ve rahatlık anlarının kıymetini hiçbir zaman bu denli anlayamayacaktık. Mesela bir an hayal edin ki hiçbir şey duyamıyorsunuz, nasıl olurdu? Annenizin size içeriden seslenişi yok, kuşların cıvıltıları yok, dinleyebileceğiniz hiçbir şey yok... Örnekleri çoğaltmak mümkün ancak bir tek örnek bile yeterli geliyor değil mi?

İnsanın enaniyetini, yani benliğini kabartan, egoist hâle getiren anları vardır. Düşünün ki maneviyatta zirve bir hâldesiniz, sürekli tespihatınız tam, her namazdan sonra dualarınız muazzam şekilde devam ediyor, geceleri teheccüd üstü teheccüd, öyle zamanlardasınız. Ancak bir gece teheccüde kalktığınız anda yatanları görüyorsunuz ve diyorsunuz ki, "Bunlar da Müslüman mı ya"! öyle bir gurura kapılmışsınız ki, "Cennete kesin girer miyim bilmiyorum ama cennete bir kontenjan açılsa tabii ki almaları gereken adam benim!" diyorsunuz. Öyle ibadet etmişsiniz, öyle gururlanıp yükselmişsiniz ki bir anda kabz haliniz başlıyor, kendinizi aciz, gücü hiçbir şeye yetmez, tamamen Allah'ın(c.c.) yardımıyla nefes aldığına iman edecek bir hâlde buluyorsunuz. İşte o aciz haliniz, sizi az önceki gururdan kurtarmış oluyor. Zira gurur devam etse belki de elinizden imanınız gidecek. Çünkü Kibriya sahibi olan yalnız Allah'tır. Peki, kibirli bir insan Allah'ın(c.c.) cennetine girebilir mi? Elbette giremez. Ama topluma şöyle bir baktığımızda, hatta belki kendimize baktığımız zaman -ki varsa Allah affetsin inşallah- hem kibirli hem de imanlı insanlar görebiliyor muyuz? Görüyorsak demek ki bu insan ya ölmeden önce kibri bırakacak ya da imanı bırakacak! İkisinin bir arada cennette olması mümkün değil. Bir enaniyet uğruna, dünyada iki canınız okşansın uğruna Allah'ın(c.c.) rızasından vazgeçmeye değer mi? Aklı başında bir insan bunu isteyebilir mi? Hem kibrim benden eksilmesin hem de cennete talip olayım. Olur mu böyle bir şey, cennetin temizliğine hasret duymamızın bir anlamı kalmaz ki o zaman. Enaniyet ile kirlenmiş bu dünyadan ne kadar kaçmak istiyorsan cennete de o kadar sığınmak istiyorsun. O zaman enaniyetini bırakacak cennete talip olacaksın. Talip olmak yetmez diyerek buna uygun işler yapacaksın.

Daraldığımız anlarda tıpkı az önceki örnek gibi acizliğimizi hissetmemiz gerek. Bast haline oranla neleri keşfedebileceğimizi, nelerin şükrünü daha iyi anlayabileceğimizi bilmemiz gerekir. Bunun şuuruyla acizlik içinde, Allah'ın(c.c.) inayeti olmasa nefes bile alamayacağımızı, bütün sahip olmaya çalıştığımız dünyayı bir köşeye bırakın iki nefese dahi sahip olamayacağımızı anlamamız gerekir. Yani durum aslında şundan ibaret, almasam ölürüm, vermesem ölürüm!

Peygamber Efendimiz(s.a.v.) buyuruyor ki, *"Sizden herkes, ihtiyaçlarının tamamını Rabbinden istesin, hatta kopan ayakkabı bağına varıncaya kadar istesin."* Çünkü her şey Allah'ın(c.c.) elinde, çıkmaz sokak sandığımız her bir yerin kilide de Allah'ın(c.c.) elinde. Ekmek almak için markete, ayakkabı almak için ayakkabıcıya, ilaç almak için eczaneye gittiğimiz şu maddesel âlemde dağılırken, manevi âlemde derlen toplan. Ne istersen el açacağın, başını eğeceğin tek bir yer var, orası da Rabbinin kapısı! Kabz halleri de bizi Rabbimize daha çok yakınlaştıran anlar olabilir, eğer biz bu hâlimizi doğru kullanabilirsek. Sen gider elindeki bir bardak suyu menekşene dökersen o hayat olur, sen gider de elindeki bir bardak suyu karıncanın üzerine dökersen o ölüm olur. O bir bardak su Rabbinin sana gönderdiği rahmeti, onu nasıl kullanman gerektiği ise tam da senin tercihin. Unutmayalım, Allah(c.c.) bize şah damarımızdan daha yakın, her an bizi duyan biri varken, her an bizi gören biri varken tek kaldığımızı düşünmek çok saçma olur. Nasıl ki dünya elmas görünümlü bir samandır ve aslında bu samanı görebilenler ahireti kazanabilecek kişilerdir. Aynen öyle de hastalık bütün lezzetleri saman yaparak bizlerin gözündeki bir perdeyi kaldırır. Ruhun hastalığı olan kabz hâli de, ahiret cihetiyle doğru kullanabilirsek bizleri adım adım huzura yaklaştıracaktır.

En zor gecelerinizi düşünün, acı içinde çaresizliğinizi hissettiğiniz, belki hastalıktan kıvrandığınız, belki yaşadığınız bir andan sizi kıvrandıran o geceyi, o anı düşünün. Neler yaşamış, neler hissetmiştiniz? Kaç gece uykularınız bölündü, kaç çay bardağında çayınız soğudu da dişleriniz dondu? Şimdi dönüp kendinize bakın ki o hâl yok, ne kadar çok şükrediyor insan değil mi? O anda ne kadar acı çekebildiyseniz şu anki şükrünüz de ancak o kalitede olabiliyor. Enaniyetimizden burnumuzu Kaf dağlarına kadar uzatırken küçücük bir daralma aslında bize ne kadar aciz olduğumuzu, haykırıyor. Sizce ahirette bizi kazançlı çıkaracak hangisidir? Her şeyi kendinizden bildiğiniz bir dünyada yürürken kendinizi hesap günü cehennem kapısında bulmak mı size kazanç sağlar yoksa her şeyi Rabbinizden bilip her şerde ve hayırda Rabbinize sığındığınız bir dünyada yürürken kendinizi hesap günü cennet kapısında bulmak mı? Cevap aslında nasıl da huzuru bağırıyor. Demek bu dünyada ne kadar kabz halleriyle başa çıkabilir, bast hallerinin hakkını verebilirsek hesap günü hissedeceğimiz huzurun kalitesi ya da azabın kalitesi de tam bu ölçüde olacak.

Öyle kabz hâlleri olur ki, insan bazen kaybettiğini düşünür, şeytan öyle bir vesvese verir ki, insan da buna yenilmek üzeredir. Bunun tek sebebi işte zayıf bıraktığımız letaiflerimizdir. Biz ne kadar Allah(c.c.) ile bağımızı güçlü tutarsak o kadar kolay atlatabiliriz, ahiret cihetiyle yolumuzu hayra o kadar kolay çevirebiliriz. Şeytanın size vesvese verdiği ve kaybettiğinize inandırmaya çalıştığı anlarda şunu söyleyin, mesela bir camide ezan okunduğu anda cemaat ayağa kalkar değil mi, Rabbiyle buluşmak, namaz kılmak için. Şimdi algımızı bir camiden çok daha ötesine, bütün dünyayı bize mescit kılmış Rabbimizin kâinat mescidine çevirelim. Ezan ile yeniden ayağa kalkan bütün yaratılmışların aynı anda nasıl secdeye gittiğini düşünelim ve biz Ettehiyyatü'yü okurken bütün Mü'minlerin bir ağızdan, bir yürekten birbirlerine nasıl dua ettiklerini idrak edebilirsek anlarız ki, arkamızda koca bir İslam ordusu var, arkamızda koca bir duacı var, arkamızda koca bir omuz var. Hepsi Allah'ın(c.c.) huzurunda acziyetini anlayıp eğilmiş, hepsi birbirine dua eden omuzlar. Bir düşünelim, hep bir ağızdan Allah'a(c.c.), birbirimize dua ederken, sonsuz merhamet sahibi Allah(c.c.) bizi eli boş gönderir mi? Umutsuzluğa düşmeye imkân var mı? Şeytanın oyununa gelmeye imkân var mı? Sıyrıl yalnızlık hissinden, Rabbinin sana nasıl değer verdiğini gör. Bırak şeytan ne derse desin, bırak şeytan ne kadar sağından yaklaşırsa yaklaşsın. Yok ki onun gidecek bir huzur kapısı, yok ki onun elinde bir tövbesi, yok ki onun kurtuluşu. Sen başkasın, gör artık bunu. Senin aldığın her nefes cennete aday olmana bir araç olmuşken, dönüp bakma bile ardına. Geçmişte yaptıkların boğazına kadar seni kilitlese de bu dünya zindanına, hakiki bir tövben yeter zindanların kepenklerini kırmaya ve sen şimdi yolundaki taşları merhametle al, bir köşeye bırak. Unutma, sen Rabbinin varlık sahasına çıkarttığı kulusun. Daralan ruhunu da al ve kendine hep şunu şöyle:

"Ya Rab, gelse Celal'inden cefa yahut Cemal'inden vefa, ikisi de cana safa:

Kahrın da hoş, lütfun da hoş..."

Benden Vazgeçme Ya Rab!

Benden vazgeçme Ya Rab
Ellerimi bırakırsan, yalancı omuzlarda soluklanır baş
Nasıl kabre girer sonra kurtlanmış bu naaş
Kendimden gitmek istedim hep
Sana biraz daha varabileyim diye
Ama istemedim Ebrehe gibi olsun kuşların attığı son taş

Benden vazgeçme Ya Rab
Uzun yollara çıkasım var aslında ayaklarımda dikenden ayakkabı
Çünkü bu yol dikenliydi ve ayağını sevene göre değildi kaldırımlar
Tabii tek acılarım değildi ayaklarım
En kalabalık olmam gereken yerde, sırnaştığım yalnızlıklarım
Ahh yalnızlıklarım...

Kış günü sızlatır kalbin romatizmasını
Hani yağmurlu olanından
Allah(c.c.) ne verdiyse gözünü en ıslatanından
Tenine dokunursa dostça bir el
Sinirlenirse tüm geçmişi süpüren o sel
Ha işte o yağmur, ben ise hazan
Yine karıştırdım yapraklarımı dökeceğim mevsimleri demek
Demek ondan istemsizce hep ellerimdir yazan

Benden, benden vazgeçme Ya Rab
Zannediyorum şakadır kalbimdeki bunca acının tek izahı
Her kundaklanışımda gülmelerim ise viran kalbimin mizahı
Bırak, bırak yoluma gideyim, gönlüm Allah(c.c.) heceler
Bir gün ölmek için her gün yaşadığım geceler, geceler...

Kanar durur heybemdeki hatıralar nefis ile vicdanımın arasında
Dur derim, vazgeç artık benden, karanlık bir şeb-i arus molasında
Son da olsa bahardır işte sonbahar
İspatı kokar akasyaların arasında
Ve hasretim, hasretim hep yarım kalır
Ama benden vazgeçme Ya Rab

Otobüslerdeki gibi olur sandım hayat
Şimdi uyuyayım, varınca hissetmeyim yolculukları derim
Ama daha çok aktı terim
Sanki her şey daha sıcak
Nere var söyle sığınacak?
İnan Memedim inan, her şey daha güzele varacak
Çünkü O'nun(c.c.) Kûn dediği olacak!
Ama Sen benden vazgeçme Ya Rab...

Ah zincirler bir nefsin boğazında özgürlük iken,
hakikat içinde delik deşik yılan zincirler...

Kahraman bir Hâkime

Elimize henüz birkaç misketin sığabildiği, ayaklarımızın salıncakta otururken yere değemediği günlerden itibaren kafamızda içten içe hep izlediğimiz birileri vardır. Bu öyle bir izlemektir ki, örnek olacak her bir gördüğümüz davranış, belki bir gün çay içerken çayı yudumlama şekli, belki bir gün haksızlığa uğradığımızda göstereceğimiz sabır, belki bir gün yalnız başımıza olduğumuz da dahi göstereceğimiz edep olarak ete kemiğe bürünecektir bizde.

İnsanlara cevap verirken bütün vücuduyla dönme zarifliği gösteren zarif bir insan da örnek alınabilir, insanlara cevap verirken yüzünü ekşiten bir insan da... Ne gördüğümüz kadar neyi, nasıl gördüğümüz de önemlidir. Durup bakmaz ise insan nasıl tanıyabilir koca bir ömür içinde kendini? Doğru yolu seçme derdini yüklenmezse omuzlarına ne önemi kalır yalan sözlerin, vurulmuş damgalarının zararları arasında? Zarar demişken, yolunu buralar mesken tutsa, bir insan nasıl görecek yanlış yolların acısını? Aynı duygunun içinde esir kalmış insan görmez ise özgür ruhları, esaretinin zincirlerini nasıl kırabilir ki... Ah, zincirler bir nefsin boğazında özgürlük iken, hakikat içinde delik deşik yılan zincirler...

Bu satırlarda size Said Nursî Hazretlerinin mahkemesinde hâkimlik yapan bir kahramandan, Hesna Şener'den bahsetmek istiyorum.

"1943'te başlayan Bediüzzaman ve talebelerinin Denizli Mahkemesi'nin Ağır Ceza Reisi, Ali Rıza Efendi, Hukuk Fakültesi'nde öğrencilik yıllarında İstanbul'da Fatih'te Şekerci Han'da Üstad ile görüşmüş. Dava dosyalarında suç teşkil edecek bir şey olmayınca, beraat verip bu masum, bu dinlerini öğrenip öğretmekten başka bir niyet ve fiilleri olmayan insanları salıvermek istiyormuş, fakat mahkemeye tayin edilen iki hâkim de mutlaka ceza vermek istiyorlarmış."

Neden mutlaka ceza vermek istiyorlar biliyor musunuz? Çünkü o dönemlerdeki tek gayeleri, dinin evlerin içine ulaşmaması, ulaşsa bile taklidi bir şekilde ulaşması! Kur'an okuduğunuzda size ne denildiğini bilmiyorsanız işte tam da bu şekilde ulaşması. Peki, siz şu anda Kur'an okuduğunuzda size ne deniliyor biliyor musunuz? Cevabınız olumsuz ise nasıl bir taklit yolunda gittiğinizi lütfen düşünün. Bizim önce kendimizi hesaba çekmemiz gerekir, yoksa asıl hesap günü çok pişman olacağız, çok...

"Dokuz ay olmuş, bir karara varamamışlar. Üstad Hazretleri de artık sıkılmış. Bir sürü işinden gücünden edilmiş insan hapiste tutuluyormuş."

Biz ne kadar rahat koltuklarda oturuyoruz değil mi? Bakın bu dava hapislerde yükseliyor! Bizler ise sıcak koltuk, klima, çay... Ama buna rağmen çoğu zaman şunu diyoruz, "Ya bu gecede gitmesem mi acaba, aman canım ne olacak ki ya bir kere gitmemekten ne olacak ki!"

Bir hapis düşünün ki, Üstad Hazretleri burada bir sürü kişinin işinden gücünden olmasını düşünüyor. Üstelik bir suçları da yok. İş güç dedikleri para, mülk değil! İş dedikleri, ilk gaye dedikleri İMAN DAVASI. Dertleri bu! Bir kişiye daha ulaşabilmek ne demek anlayabiliyor muyuz? Kur'an'ın sesini kısmak isteyenlere karşı dimdik, hapiste dahi savaşan kahramanlar var. Nerede oldukları zerre umurlarında değil, onlar her yerde din düşmanlarına karşı en önde, cephedeler. Bu mektubu, bu insanları okudukça kendi hayatımdan çok utanıyorum...

"O sırada hâkimlerden birisi hastalandığı için rapor alıp ayrılmış. Hesna Şener Hanım da Denizli Mahkemesi'nde hâkim imiş. Ali Rıza Efendi, Hesna Hanım'a, 'Aslında bu davada hiçbir suç unsuru yok. Bu insanlar masum. Beraat kararına imza atar mısınız?' demiş. Hesna Hanım da hiç beklemeden 'Atarım!' deyince Ali Rıza Bey onu mahkeme azalığına namzet (aday) göstermiş. Bunun üzerine birinci celsede değil de, ikinci celsede, Eskişehir Mahkemesi'nde altı ay ceza verilen Tesettür Risalesi dâhil bütün Nur Risaleleri için beraat kararı vermişler."

Burada yüzlerce bayan kardeşin, vesilesi ile tesettüre girdiği bir Risaleden bahsediliyor. "Tesettür Risalesinden"!

"Beraat kararından bir müddet geçtikten sonra bir gün Üstad Bediüzzaman Hazretleri talebelerinden Ali İhsan Tola Ağabey'e, 'Ali İhsan, Hesna kızıma selam söyle, ben onu manevi evlatlığıma kabul ettim!' demiş."

Meselenin devamını Ali İhsan Tola Ağabey'den dinleyelim:

"Üstad bunu bana söyledi ama o zamanlar biz açık saçık kadınların yanlarından geçmezdik. Onun için gitmedim. İkinci sefer Üstadın yanına vardığımda yine 'Manevi evladım Hesna'ya selam söyle' dedi. Yine gitmedim. Üçüncüde 'Sen hâlâ gitmedin mi?' deyince artık gitmek bana farz oldu diyerek gittim. Denizli sıcaktı. Vardım odasına girdim, selam verdim. Kısa kollu giymiş, etekler dizinde. Şöyle kapıya yakın bir yerde durdum. Bana, 'Gel bakalım koca Nurcu!' dedi.

Hemşerilik de var, Isparta Senirkentliyiz. Akrabalık da var. Beni tanıyor. Ben de, 'Sen de Nurcusun!' dedim.

Böyle deyince orada bulunan bir görevliye, 'Sen kapıyı kapat ve bize iki çay söyle' dedi.

Bunun üzerine, 'Üstad'dan size selam getirdim. Manevi evlâdım Hesna'ya selam söyle, dedi.' "

Birçok erkeğin meyledemeyeceği bir şeye imza atmış. Tabii ki der!

"Hesna Hanım bunu duyunca başladı ağlamaya! 'Ali İhsan! Ne dünyaya yaradık, ne ahirete... Babama kızıyorum. Beni okutacağına, köyümüzün çobanı sümüklü Hasan'a verseydi. Dinimi, Müslümanlığımı yaşar, çoluk çocuk sahibi olurdum. Enaniyetten, evlenemedim bile!' dedi.

Dedim ki, 'Hesna Hanım! Ona manevi evlat olmak, o kadar basit bir şey mi? Bu sana yeter!'

'Acaba ona layık olabildik mi ki?' dedi."

Rahat yatağından kalkamayanlar... Rahat koltuklarından kalkamayanlar... Açın gözlerinizi de iyi okuyun. Nefislerinize iyi okuyun! Hevaperest, şehvetperest, haneperest, paraperest, meslekperest, işperest, yerçekiminden kurtulamayanlar... Zannetmiyorum!

"Üstadın huzuruna vardığımda, durumu arz ettim. Üstad, 'Ali İhsan, ben onun ismini gavsların, kutupların yanına yazdım, ona ben onlarla beraber dua ediyorum. Erkekler korktu ama o kendisini ortaya koyarak Kur'an'ın davasına taraftar çıktı! Yarın mahşerde Kur'an ona şefaatçi olacak!' dedi."

Var mı hayatımızda böyle bir eylem? Var mı hayatınızda böyle bir eylem? Dükkân kapamaktan başka, var mı? Kur'an'ı sana, bana, bize şefaatçi edecek bir eylemimiz var mı sadaka vermekten başka? Sadaka verirken dahi para hesabı yapmaktan başka! Var mı? Bu soruları soralım kendimize, yoksa durumumuz çok çok vahim... Ateşi çay demlemek zannetmeyelim, cehennemi ocak ile karıştırmayalım. Defalarca soralım kendimize, görebileceğimiz her yere yazalım, var mı hayatımızda böyle bir eylem? Ne zaman dönüp gideceğimiz belli değil iken şu dünyadan, toprak ayağımızın altında kayıp dururken, o son vedayı yaparken hâlâ yok ise bir eylemimiz, vah hâlimize! Uyuşmuş bedenlerimizin esiri olduysak vah hâlimize! Zannediyor muyuz yarım namazlarımız ile, yarım Kur'an okuyuşlarımız ile, yarım imanımız ile kurtulduk, kurtulacağız? Bu kadar basit mi yer ile gökler genişliğindeki cenneti hak etmek. Bir yanda kalsın cennet, o Allah'ın(c.c.) rahmetinde gizli, zaten vaat ediyor bize. Ancak bu kadar basit mi, Allah'ın(c.c.) verdiği bunca nimete karşı Rabbimizin rızasını kazanabilmek bu kadar basit mi? En güzel surette yaratıldığımız bize bildirilmişken, kendimizi, çevremizi, dünyayı, bastığımız bu toprakları gafletimiz ile, dünyaya batmamız ile bu kadar kirletmiş iken önce kendime, sonra size soruyorum, bu kadar basit mi?

"İşte tesettüre riayet etmiyor dediğin Hesna, Tesettür Risalesini de beraat ettirdi. Essebebü ke`l-fâil yani sebep olan yapan gibidir sırrınca, bütün sizin kazandığınız haseneler, şimdikilerde dâhil, sevaplar tamamen ona da yazılıyor."

Okuduğumuz bayan günah cihetiyle vefat etmiştir ama hayır cihetiyle yaşamaya devam ediyor. Bu anki hadiseler dahi ona gidiyor. Şu anda sizi düşünmeye sevk eden hasene dahi bu kahraman hanıma gidiyor. Böylesine bir eylem, böylesine bir adım. Bakın birçok erkeğin yapmaktan korktuğu bir şeyden bahsediyoruz. Bugün dahi kahramanlığının bize örnek olan hareketinden bahsediyoruz.

"İşte bütün hasene, o beğenmediğiniz Hesna'nın şecaat ve cesaretiyle oldu!"

Bunlar insanın karbondioksitini çıkartıyor. Bir de biraz samimiyse insan, yani böyle ben yaptım Müslümanı değil de akıbetinden endişe eden bir Müslüman ise diyor ki, "Sen Rabbinin rızası için ne yaptın, ilerde ne ile karşılaşacaksın? Hiç merak etme, yaptığınla karşılaşacaksın! Merak etme..."

Sonsuz hayatınızı kurtarmak adına 27 yıl zindanlarda sürgünden sürgüne gönderilen, 23 defa dehşetli bir şekilde zehirlenen, 80 küsur yıllık ömrü hayatında dünya namına hiçbir lezzet tatmayan büyük bir kahraman...

Nazenin Bir Kahraman: Bediüzzaman

Başımıza bir olay geldiğinde film şeridi gibi gözümüzün önünden sıralanır geçer her bir olan biten. Bir de iki ayaklı yürüdüğümüz dünya yollarında geçip gidenler vardır. Başrolünde hep birtakım kahramanlıklar yer alır. Herkesin bir hikâyesi vardır, hayat defterine ince ince yazdığı, kim bilir belki de kayıp olan sayfaları arasında sakladığı. Yol nereye çıkar bilinmez ama yolun bir köşesinde sizi bekleyen bir kahramanınız vardır.

Hepimizin olmuştur değil mi o kahraman arayışı, bekleyişi? Eğer sizin henüz kavuşabildiğiniz bir kahramanınız yok ise bu yazı tam da size göre. Son yaprağı çevirdiğinizde, kayıp olan sayfalarınızın arasına uzun uzun anlatabileceğiniz bir kahramanınız olabilir artık sizin de.

Azizim sizlere burada kahraman derken 30-40 yıllık dünya hayatının kurtuluşuna vesile olan adamlardan bahsetmeyeceğim. Sonsuz hayatınızı kurtarmak adına 27 yıl zindanlarda sürgünden sürgüne gönderilen, 23 defa dehşetli bir şekilde zehirlenen, 80 küsur yıllık ömrü hayatında dünya namına hiçbir lezzet tatmayan büyük bir kahramandan bahsediyorum. Düştüğü hapishanelerde Risale-i Nurları yazabilmek adına sigara kâğıtlarına hazine bulmuş gibi sevinen, sırf imanımızın kurtuluşu için, Risale-i Nurları yazabilmek adına sevinen bir insan var, bir kahraman var. 80 küsur yıllık ömrü hayatında dünya namına hiçbir lezzet tatmamış Bediüzzaman bir köşede, dünya namına tatmadık lezzet bırakmamış bizler bir köşede. Böyle bir kahramana nasıl minnet duyulmaz ki? Sizce, Risale-i Nurları okumayan vefasızlık etmez mi? Hayırsızlık etmiş olmaz mı? Ne yazık ki ben yanımda Messi'nin kramponunda kaç çivi olduğunu sayan adam duydum. Soralım mı sahabe isimlerini, soralım mı Efendimizi(s.a.v.), soralım mı Rabbimizi(c.c.)? Soralım mı, nasıl olacak? Peki, senin ruhuna ab-ı hayatı ne üfleyecek biliyor musun bunu? Onlar mı üfleyecek? O malayani mecmualar mı üfleyecek? Vefasızlık olmaz mı? Birçok insanın farklı farklı müteaddit şahsiyetleri olduğu gibi Üstadın da birbirinden farklı şahsiyetleri var. Mesela bir insan günlük hayatında çok esprili biri olarak anılabilir ancak gece bir dua vakti olduğunda hüzünlü birine dönüşebilir. Sosyal hayatta gözü harama kaymasın diye olabildiğince vakarlı, olabildiğince ciddi bir adam olabilir. Bediüzzaman Hazretlerinin de müteaddit farklı şahsiyetleri var ve bu şahsiyetler bize Üstadı o kadar lezzetli tanıtıyor ki, gerçekten yazının son sayfasına geldiğinizde inşallah ağzınızdaki bal tadını hissedeceksiniz ve Üstad başlıyor:

"Bir insanın müteaddit (birçok) şahsiyeti olabilir. O şahsiyetler ayrı ayrı ahlâkı gösteriyorlar. Meselâ, büyük bir memurun, memuriyet makamında bulunduğu vakit bir şahsiyeti var ki. Vakar iktiza ediyor, makamın izzetini muhafaza edecek etvar (davranışlar) istiyor. Meselâ, her ziyaretçi için tevazu göstermek tezellüldür (alçalmadır), makamı tenzildir (indirmedir)."

Bir hâkim düşünün, her soruşturmaya gelene, her mahkemeye gelene çay ikram ediyor, buyurun nereye gidersiniz, ne istersiniz diyor, böyle bir hâkimin sizce ciddiyeti kalır mı? Bu hâkimin konumu gereği vakarlı, ciddi bir yapıda olması gerekmektedir.

"Fakat kendi hanesindeki şahsiyeti, makamın aksiyle bazı ahlâkı istiyor ki, ne kadar tevazu etse iyidir."

Aynı hâkim kendi evinde sana hizmet edecek ise, çayını uzatması, terliğini vermesi, yemeğini ikram etmesi ve bunun gibi ne kadar fazla yaparsa o kadar iyidir. Bir yerde vakar sahibi, bir yerde tevazu sahibi bir hâkim.

"Az bir vakar gösterse, tekebbür (kibirlenme, büyüklenme) olur ve hâkezâ..."

Yani mesela siz bir hâkimin evindesiniz ve bir bardak su istediniz, o da size dese ki git al mutfaktan, işte bunu kendi evinde söylediği için burası kibre girer. Demek ki bir insanın birbirinden farklı şahsiyetleri olabilir.

"İşte, bu biçare kardeşinizde" yani Bediüzzaman Said Nursi'de *"üç şahsiyet var. Birbirinden çok uzak, hem de pek çok uzaktırlar."*

"Birincisi: Kur'an'ı Hakîmin hazine-i âlisinin (yüce hazinesinin) dellâlı (ilan edici) cihetindeki muvakkat (geçici), sırf Kur'ân'a ait bir şahsiyetim var."

Yani Kur'an'ın memurluğunda bir şahsiyeti var.

"O dellâllığın iktiza ettiği pek yüksek ahlâk var ki..."

Ne kadar yüksek biliyor musunuz? Birinci Cihan Harbinde Ruslara esir düşen Bediüzzaman'ın kafasına silah dayadıklarında, gözünü bağlamak istediklerinde onu bile bağlatmayacak ciddiyette, o kadar yükseklikte. Peki, neye güveniyordu? Elbette Kur'an'ın dellâlıydı, neye güvenecekti, yalnız Kur'an'a güvenecekti!

"... o ahlâk benim değil, ben sahip değilim. Belki o makamın ve o vazifenin iktiza ettiği seciyelerdir."

Hangi ahlâktan bahsediyor Üstad burada? Kur'an'ın dellâllığı ahlâkından bahsediyor. O pek yüksek ahlâktan bahsediyor. *"Bende bu neviden ne görseniz benim değil, onunla bana bakmayınız, o makamındır"* diyor. Kur'an'ın dellâllığı ahlâkıyla bana bakmayınız diyor. Peki, Kur'an'ın dellâllığı ahlâkı nasıl bir ahlâktır? Üstad daha gencecik yaşında, yüzünde tüy bitmemiş iken, kamayla gezen bir âlim. Üstada, "Kamalı Molla Saidi Meşhur" diyorlar, Kur'an'ın dellâllığı makamında yaşadığı çok ilginç bir hatırası var,

"Tillo'da iken, bir gece Şeyh Abdülkàdir-i Geylanî Hazretlerini(k.s.) rüyasında görür. Geylanî Hazretleri(k.s.) kendisine hitaben: 'Molla Said! Mirân Aşireti Reisi Mustafa Paşaya gidiniz ve kendisini tarik-ı hidayete davet ediniz, yaptığı zulümden vazgeçerek, namaza ve emr-i marufa (dinin emirlerine) müdavim olmasını tavsiye ediniz. Aksi takdirde öldürünüz.'

Molla Said, bu rüyayı görür görmez hemen tedarikini yaparak Mîran aşîretine doğru Tillo'dan hareket eder, doğruca Mustafa Paşanın çadırına girer. Paşa orada bulunmadığından, biraz istirahat eder. Sonra Mustafa Paşa içeri girer. Orada hazır olanların hepsi kıyam ettikleri hâlde, Molla Said yerinden bile kımıldamaz. Paşanın nazar-ı dikkatini celb edince, aşîret binbaşılarından Fettah Beyden kim olduğunu sorar. Fettah Bey, meşhur Molla Said olduğunu bildirir. Hâlbuki Paşa ulemadan hiç hoşlanmazdı."

Dinin emirlerini yerine getiremeyen bir kişi ulemadan neden hoşlansın ki... *"Şüphesiz, bunun üzerine daha fazla kızmış ise de izhar etmemişti. Molla Said'e ne için buraya geldiğini sorunca, Molla Said cevaben, Seni hidayete getirmeye geldim. Ya zulmü terk edip namazını kılacaksın veyahut seni öldüreceğim.'"*

Sizler de bir gün dener misiniz bir paşa üzerinde bu cümleleri söylemeyi!

"Paşa hiddetlenerek dışarı çıkar. Biraz dolaştıktan sonra yine çadıra girer ve Molla Said'e ne için geldiğini tekrar sorar. Molla Said, 'Sana söyledim ya, onun için geldim,' der.

Mustafa paşa, çadırın direğinde asılı bulunan Said'in kılıcına işaret ederek, 'Bu pis kılınçla mı?' der."

"Bediüzzaman, 'Kılınç kesmez, el keser' cevabını verir."

İşte, arkana Kur'an'ın dellâllığını alınca, insan kâinata böyle meydan okuyabiliyor.

"İkinci şahsiyet: Ubûdiyet vaktinde, dergâh-ı İlâhiyeye (Allah'ın(c.c.) yüce katı) müteveccih (yönelik) olduğum vakit" -yani kulluk vaktinde duaya durduğu vakit. *"Cenâb-ı Hakkın ihsanıyla bir*

şahsiyet veriliyor ki, o şahsiyet bazı âsârı (eserler, varlıklar) gösteriyor. O âsâr, mânâ-yı ubudiyetin (kulluğun manası) esası olan 'kusurunu bilmek, fakr ve aczini anlamak, tezellül (alçalma) ile dergâh-ı İlâhiyeye iltica etmek (sığınmak)' noktalarından geliyor ki, o şahsiyetle, kendimi herkesten ziyade bedbaht, âciz, fakir ve kusurlu görüyorum. Bütün dünya beni medh ü senâ etse beni inandıramaz ki ben iyiyim ve sahib-i kemâlim."

Üstadın namaz kılarken aldığı iftitah tekbiriyle Allahu Ekber nidalarının frekansı ile rezonansa gelen evin zangır zangır titreyişini hatırlayabilirsiniz işte tam da burada. Bütün atomlarla aynı lisanı konuşmasa o rezonans hâli nasıl olacak acaba? Sabah namazına dört saat evvelden uyanıyor Bediüzzaman Hazretleri. Rabbine öyle bir sadakati var ki, sanki gecelerini öyle yırtmasa beyninde diken var gibi dolaşacak. Sanki kasıkları ağrırcasına dua etmese kulluğunu eda etmiş olmayacak Bediüzzaman Hazretleri.

Üstad'ın cebinde bir kâğıt var, bir metreye dört metre bir şecere, bir metreye dört metre! Yani ortalama bir evin tavanından yüksek bir kâğıdı cebinde taşıyor ve her dua vaktinde açıp başta Efendimiz(s.a.v.) ve O'nun(s.a.v.) ehli beyti olmak üzere bütün herkese ismen dua ediyor. Böyle bir dua ve şöyle diyor Bediüzzaman Hazretleri: *"Nasıl adrese göndereceğiniz bir mektup isim yazınca dolaysız gider, ismen dua da aynen öyledir."* Ve böylece ismen duanın önemini vurguluyor. Bir gün Üstad Hazretleri Kastamonu'da yine böyle dua vaktine durmuşken, talebelerinden Emin Bey geliyor yanına. Ama tam da Üstad'ın dua vakti! Bir bakar ki Üstad öyle hazin mırıltılarla dua ediyor öyle bir inliyor ki, *"Ya Rab, Ya Rab..."*

Emin Bey duayı kesemiyor, tam bir buçuk saat kapının

eşiğinde ayakta bekliyor. Tam dua bitiyor, Üstad dönüyor ve Emin Beye, "*Emin kardeşim benim gece öyle bir ubudiyet, öyle bir dua vaktim vardır ki o vakitte melaike bile gelse kabul etmem. Yanlış ettin,*" diyor.

"Üçüncüsü: Hakikî şahsiyetim, yani Eski Said'in bozması bir şahsiyetim var ki, o da Eski Said'den irsiyet kalma (miras olarak kalma) bazı damarlardır."

Yani birinci şahsiyet Kur'an dellâllığıydı. İkincisi ubudiyet ve dua vaktiydi, üçüncüsü de Eski Said'in damarlarının kaldığı bir şahsiyet var ki, *"Bazen riyaya (gösteriş), hubb-u câha (makam ve mevki sevgisi) bir arzu bulunuyor."*

"Hem, asil bir hanedandan olmadığımdan, hısset (cimrilik) derecesinde bir iktisat ile düşkün ve pest (aşağı) ahlâklar görünüyor."

"Ey kardeşler! Sizi bütün bütün kaçırmamak için, bu şahsiyetimin gizli çok fenalıklarını ve sû-i hallerini (kötü hallerini) söylemeyeceğim. İşte, kardeşlerim, ben müstaid (kabiliyetli) ve makam sahibi olmadığım için, şu şahsiyetim, dellâllık ve ubudiyet vazifelerindeki ahlâktan ve âsârdan çok uzaktır."

Eski Said damarlarının kaldığı şahsiyet nasıl bir şahsiyettir diye düşünüyorsanız işte şimdi cevabı geliyor *"Ey Hâlık-ı Kerîmim ve Ey Rabb-i Rahîmim! Senin Said ismindeki mahlûkun ve masnuun (sanat ile yapılmış) ve abdin (kulun), hem âsi, hem âciz, hem gafil, hem cahil, hem alil (hasta), hem zelil (alçak, aşağı), hem müsi' (kötülük eden), hem müsin (yaşlı ihtiyarlamış), hem şakî (eşkıya, haydut), hem seyidinden (Efendisinden) kaçmış bir köle olduğu hâlde kırk sene sonra nedamet edip (pişmanlık duyup) Senin dergâhına avdet etmek (dönmek) istiyor. Senin Rahmetine iltica ediyor. Hadsiz günah ve hatîatlarını (yanlışlarını) itiraf ediyor. Evham ve türlü türlü illetlerle (hastalıklarla) müptelâ olmuş, Sana tazarru ve niyaz eder (dua eder, yalvarıp yakarır). Eğer kemâl-i rahmetinle onu kabul etsen, mağfiret edip rahmet etsen, zaten o Senin Şânındır çünkü Erhamürrâhimînsin (Merhamet edenlerin En Merhametlisisin). Eğer kabul etmezsen, Senin kapından başka hangi kapıya gideyim? Hangi kapı var? Senden başka Rab yok ki dergâhına gidilsin. Senden başka hak Mâbud yoktur ki ona iltica edilsin."*

Hayatınızda daha önce bu cümlelerle kendini tanıtan bir insan duydunuz mu? Şahit oldunuz mu, bu kadar aczini dile getirebilene... Hayatını sahabe hayatları gibi dantelalarla örmüş bir adamın derdi sizce neydi? Ne olabilirdi? Bir annenin/babanın evladı kuyuya düştüğündeki iniltilerinden daha fazla iniltileriyle, bizim için dua eden bu adamın dualarının sebebi sizce neydi?

"Ben kendimi beğenmiyorum, beni beğenenleri de beğenmiyorum!" diye her şeyi ve kendini dâhil terk eden bu adamın terklerinin sebebi neydi? Anlayamadık! Hakkını veremedik! Hakkıyla teşekkür bile edemedik!

Siz hiç Kur'an okurken ihtiyarladınız mı? Senin derdin ne, sor bakalım kendine. Hâlâ görmüyor musun, dünya doyurmuyor seni. Aça dokuz yorgan örtmüşler uyuyamamış çünkü onun derdi yorgan değil ki, onun derdi açlık. Sen de istediğin kadar dünyaya dal. İstediğin kadar dünya koksun üstün başın, saçın sakalın. Doymayacaksın, doymayacak! Çok fazla dünya malına sahip adam tanıdım, inan ki doymayacaksın! Çünkü senin derdin dünya malı değil ki, senin ruhun aç, senin ruhun paramparça, senin ruhun kırıklarla dökük. Kıvranıp duruyorsun, kıvrandıkça mideni doyurmak çözümdür sanıyorsun ve sen, senin için uğraşan bu insanları bir futbol maçı kadar tanımıyorsun! Olmadı mı vefasızlık? Olmadı mı haksızlık?

Çevrenden, yakınlarından en ufak bir haksızlık görsen paramparça yaptığın içine karşılık bu yaptığın haksızlık ne demek sen biliyor musun? Senin için yapılmış, sırf sen ahiretini kaybetme diye, sırf sen Rabbinin karşısında boynu bükük kalma, mahcup olma, utanma, daralma, ateşlerde kıvranma diye! Sırf sen dünyaya meyillisin, seni tutacak bir şeyler olsun diye. Çok mu şimdi bir vefa gösterebilmek, soruyorum çok mu? Ailen için çabaladın mı bu kadar, evladının imanı için, yakınlarının imanı için, karşı komşunun imanı için geceler boyu yandı mı için bu kadar? Yoksa senin imanın için yananlara "kendi ahiretine bak" mı dedin? Yoksa sen daha kendi ahiretini, akıbetini düşünmezken senin için koşturanlara böyle vefasızlık mı ettin? Doymayacaksın, doymayacak! Doyurmayacak seni hiçbir dünya karesi, yetemeyecek ki sana. Sen Rabbinin kulusun, geceler boyu ağlamalarını duyan Rabbinin kulusun, her an seni izleyen Rabbinin kulusun. Dayanır mı yüreğin Rabbin seni her an izlerken, sen sıcak koltuklarda yayılmış televizyon başında ömrünü tüketirken, dayanır mı yüreğin sana rızasını, cennetini vaat eden bir Rabbine bu anları hediye etmeye? Söyle, dayanır mı yüreğin? Bu kadar mı katılaştık, dağlardan daha mı katı olduk? Küçücük tomurcuklar Rabbinden aldığı güç ile toprakları delip gül hâline gelirken bizler bir koltuktan kalkmayı bile kendimize zor saydık.

El âlemin içkiye verdiği parayı bir gün dinine verdin mi? Arkadaşlarınla ettiğin seyahat kadar bir sohbete geldin mi? Eşine süslendiğin kadar Rabbine süslendin mi!? Aynanın karşısında geçirdiğin vakit kadar seccadende Rabbine vakit ayırdın mı? Vakti sana verene hakkını verebildin mi? Lütuf mu edildi sana bu kulluk? Hadi kalk, doğrul yerinden, sen Rabbinin kulusun, sen bu dünyaya keyif sürmeye gelmedin. Sen "Ümmetim Ümmetim" diye yanan bir Peygamberin ümmetisin. Hadi kalk, doğrul yerinden, sen de bu dünyada "Peygamberim Peygamberim" de. Yazık etme ömrüne, soldurma yalancı dünya mevsimlerinde.

Ah! Bir kez çekilecek bu filmde kime külhanbeylik ettiğine dikkat et. Sonra ağlarsın, çok ağlarsın ama faydasız. Ama boş. Gideceksin artık gelmemek üzere, çekileceksin hesaba. Her bir karede yalvaracaksın tekrar dönmek için, tekrar dönüp de kul olabilmek için. Sen say ki yalvardın yakardın ve tekrar gönderildin. Sen say ki o gün bugün, yeniden başla, yeniden imanına sarıl.

"Günde bir taşı binâ-yı ömrümün düştü yere, Can yatar gafil, binası oldu viran bîhaber."

Perde arkasında sonsuz bir ilim var!

Hüve Nüktesi

Masalların ahenkli kelime taşlarıyla yontulmuş bir setten fırlayan düşler var. Kelime oyunlarıyla özü yitirilmiş, sayfaları yırtılmış bir kitap var. Alışılagelmiş mutlu sonlarda yok üstelik hüzün, acı, keder harika üç arkadaş son sahnede de ayrılmıyorlar birbirinden. Üstelik her sayfası bomboş. Yani eline alıyorsun kalemi, yazabildiğin kadar yazıyor, çizebildiğin kadar çiziyorsun. Ne istersen o harf senin yanında, ne istersen o dökülüyor cümlelerinden. Yanlışlarınla doldurduğun her bir sayfada o sona daha da çok yaklaşıyorsun. Kurtuluş yok çünkü sen sormadın ki kendine, ne yazdığına bakmadın ki? Bir kalem verildi diye yazdın da durdun, sonu ya, peki sonunu hiç okumadan mı başladın?

Sizlere bir kitap özeti versem ve bana kitabı derinlemesine anlatmanızı istesem bu mümkün olur mu? Mesela hikâyenin en can alıcı kısmını kimin duygularıyla anlatacaksınız? Asıl kitabın özünden mi, yoksa kitabın özünden kendi payına düşen kadar özet çıkartan birisinden mi? İşte tam da iman hakikatlerine karşı taklit ve tahkik konusu böyle bir şey. Eğer biraz çevrenize iman hakikatleriyle ilgili bir şeyler sorduğunuzda alacağınız cevapların benzerliğine bakarsanız ne demek istediğimi bizzat yaşayacaksınız. O cümleler genelde şöyle olur:

"Valla abi benim dede hacıydı."

"Bizim aile çok muhafazakar..."

Yani bakıyorsun bütün cevaplar bu şekilde gidiyor. Bu şekilde gitmezse ne biliyor musunuz, vicdanına morfin vuramaz ve vicdanına morfin vuramayan bir insan bu dünyadan geçici lezzetler dahi alamaz. Benim anlayamadığım kısmı şurası ki, herhangi bir insan gazlı bir içecek içerken bile o kadar hassas ki ya da saçını yaparken o kadar hassas ki. Havuza girip çıksa o saç bozulmaz, inanılmaz bir hassasiyet. Ya da yeni yıkanmış arabasının mesela camını açar mı? Açmaz. Neden, çünkü iz yapar. Aynı hassasiyet niye imanda yok? Acaba iman hakikatleri daha mı değersiz bir şey de aynı hassasiyetleri bunlarda gösteremiyoruz. Acaba Efendimizin(s.a.v.) hanımına takriben üç defa, "Ya Âişe, ben bile sana kabirde yardım edemem!" dediğini unutuyor muyuz? Rica ediyorum, az önce sorduğum sualleri çevrenize sorun. "Nasıl bir Allah'a inanıyorsunuz? Ne için kâinata geldiniz?" sorularını sorduğunuzda alacağınız cevap, sülalesinde kaç tane hacı olduğu, kaç tane umre yapıldığı ve kaç tane hacı adayı olduğu olacaktır. Bizim çok ciddi bir düşmanımız var, şeytan gibi. Her daim imanımızı çalmaya en ön sıradan aday, başka işi yok yani. Mesela düşünün ki sizin elinizde bir dilim baklava var ve ben de sizden daha güçlüyüm. Yani istediğim zaman elinizdeki baklavayı bir hamleyle alabilirim değil mi? Peki, bu baklava sizin ağzınızda olsa, tam da ısıracak olsanız alabilir miyim? Evet, çünkü ben sizden daha güçlü bir insanım. Baklava ağzınızda değil de midenizde olsa ve yuttuktan sonra 3-4 saniye geçmiş olsa yine de alabilir miyim? Elbette, bıçağı karnınıza sokup yarsam alabilirim.:) Ancak baklavayı yuttuktan sonra 1 saat geçmiş olsa alabilir miyim? İşte burada işler değişiyor. Ne kadar güçlü olursam olayım sonuç değişmez. Alamam. Peki, siz eğer imanınızı beyin midenizde sindirip kalpteki iman potanızda eritirseniz şeytan imanınıza el uzattığı an alabilir mi? Alamaz! Ama dedenin, babaannenin, hacı olan ninenin imanını bir miras yedi gibi emaneten taşırsan, işte o zaman şeytan istediği anda elinden, ağzından ya da henüz sindirilmemiş gırtlağından imanını bir anda çalabilir.

Bu yazıda şeytanın elinin yetişemediği bir konudan bahsedeceğim. Üstadın *Hüve Nüktesi* dediği bir ders. Üstad Hazretleri, burada hava sayfasına bakıyor ve bir hava atomunu alıyor. Biz de burada nurlara dalarken kafamızda bir film oynatalım. Başrol oyuncumuz da bir hava atomu olsun.

Üstad şöyle başlıyor: *"Evet, nasıl ki bir avuç toprak, yüzer çiçeklere nöbetle saksılık eden kabında, eğer tabiata, esbaba (yani sebeplere) havale edilse, lâzım gelir ki, ya o kapta küçük mikyasta yüzer, belki çiçekler adedince manevi makineler, fabrikalar bulunsun..."*

Benim elimde bir tane saksı olsa ve ben bu saksıya şeftali tohumu eksem, bana şeftali vermesi gerekir değil mi? Eğer bana şeftaliyi verecek ise bu saksının altında şeftalinin renklerini verecek, minerallerini verecek, vitaminlerini verecek, boyunu verecek, yapraklarını verecek manevi fabrikalar olması zorunludur. Peki, ben gül tohumu attığımda gül verecek mi?

Peki çeşit çeşit her rengini verecek mi? O zaman bu toprağın altında gülün kırmızı renginden pembesine, moruna, beyazına farklı farklı çelenklerine, diken sistemine kadar bütün bu fabrikalar olmak zorundadır. Peki, ben buna keçiboynuzu atınca keçiboynuzu, nar atınca nar, dut atınca dut veriyor mu? Cevaplar evet ancak bizler saksının altında böyle manevi fabrikalar görebiliyor muyuz? İşte eğer bunları sebepler yaptı diyorsa bir insan, altını kazdığında da bu manevi fabrikaları çıkarmak zorundadır!

"... Veyahut o parçacık topraktaki her bir zerre bütün o ayrı ayrı çiçekleri muhtelif hasiyetleriyle ve hayattar cihazatıyla yapmalarını bilsin, âdeta, bir ilâh gibi, hadsiz ilmi ve nihayetsiz iktidarı bulunsun."

Az önce anladık ki toprak altında bir faaliyet oluyor. Ne faaliyeti oluyordu? Şeftali olma faaliyeti. Armut olma faaliyeti. Üzüm olma faaliyeti. Ben 100 kilogramlık toprağa bir tohum atsam, 100 kiloluk bir ağaç çıksa bu topraktan, benim tohumu attığım toprağın 100 kilosu gitmiş olur mu? Elbette olmaz. Eğer bu 100 kilo topraktan gitmediyse benim ağacım topraktan meydana gelmemiş demektir, benim ağacımın hammaddesi demek ki havadır. Gelin bir de tersten bakalım. Benim elimde 100 kiloluk bir ağaç olsa ve ben bu 100 kiloluk ağacı yaksam. Yaktığımda elimde ne kadar kül kalır? 1 kiloluk. Peki, bu ağacın 99 kilosu nereye gitmiş oldu? Havaya gitti. Demek ki ağacın hammaddesi neymiş? Hava. O hâlde toprak ne oluyor? Onu yapan fabrika ve tezgâh makinelerinin bulunduğu yer oluyor. Böylece havanın bir tane vazifesini anlamış olduk. Hava benim ağacımın, şeftalimin, armudumun, muzumun hammaddesi oluyor. Başrol oyuncumuzun diğer özelliklerini tanımaya devam edelim,

"...Aynen öyle de, emir ve iradenin bir arşı olan havanın..." -nasıl bir ressamın tuvali vardır, Allah'ın(c.c.) da sanatını gösterdiği yere arş denir- *"... rüzgârın her bir parçası ve bir nefes ve tırnak kadar olan Hüve lâfzındaki havada, küçük mikyasta, bütün dünyada mevcut telefonların, telgrafların, radyoların ve hadsiz ve muhtelif konuşmaların merkezleri, santralları, ahize ve nâkileler bulunsun ve o hadsiz işleri beraber ve bir anda yapabilsin."*

Başrol oyuncumuz olan hava atomunun az önce ağaç yapabilme vazifesini görmüştük. Şimdi de bu hava atomunu büyütelim. Başrol oyuncumuz bulunduğumuz odadaki bütün sesleri birbirine iletebilmektedir. Aynı anda telefon sinyallerini iletiyor, aynı anda wifi'yi de iletiyor. Tüm bunların yanında aynı anda radyo sinyallerini de iletiyor, aynı anda ısıyı iletiyor, aynı anda basıncı iletiyor. Peki, aynı anda bu hava atomları kokuyu da iletiyor mu? İletiyor elbet. Bir hava atomundan bahsediyoruz ama nasıl bir hava atomu, akılsız, şuursuz, kör, sağır, ilimsiz, iradesiz.

Bizler şuurlu insanlarız biz bunları yapabiliyor muyuz?

"...Veyahut o Hüve'deki havanın, belki unsur-u havanın her bir parçasının her bir zerresi, bütün telefoncular ve ayrı ayrı umum telgrafçılar ve radyo ile konuşanlar kadar manevî şahsiyetleri ve kabiliyetleri bulunsun onların umum dillerini bilsin ve aynı zamanda başka zerrelere de bildirsin."

Yanınızda duran birine seslendiğinizde bu seslenişi herkes duyabiliyor. Bunu duyuran işte hava atomudur. Demek ki bu hava atomu benim konuştuğum dil olan Türkçeyi biliyor ve herkese de aynı anda bildiğini bildiriyor. Bu hava atomu benim konuşmalarımın telaffuzunu alacak ve bütün hava atomlarına bildirecek, bildirdikten sonra orada bulunanların kulaklarına aynı benim dilimde, aynı benim şivemde iletecek. Hadi diyelim ki hava atomu bizden duya duya dilimizi, Türkçeyi öğrenmiş, bir başkasının favori İngilizce şarkısını nereden biliyor? İngilizceyi nasıl bu kadar net bir şekilde iletebiliyor? Ya da aynı hava atomu Kürtçe şarkıları nasıl bir anda iletebiliyor? Akılsız, şuursuz bu hava atomu dil farklılığına, lehçe farklılığına, şive farklılığına kadar bir anda bütün sinyalleri, bütün konuşmaları herkese nasıl iletebiliyor? Biraz garip değil mi, sen şuurlusun yapamıyorsun, o şuursuz yapabiliyor. Mesela siz kaç dil konuşabiliyorsunuz? İşte bu hava atomu envaiçeşit, yeryüzünde ne kadar dil varsa bunlara sahip. Gerçekten ilginç değil mi? O şuursuz iken böyle yapıyor sen şuurluyken yapamıyorsun. Sana bir ateist gelip dese ki bunları yapan bu akılsız şuursuz hava atomudur, oldu mu şimdi? Olmadı değil mi?

"Bir nokta beyaz kâğıtta, iki üç nokta konulsa, karıştığı ve bir adam, muhtelif çok vazifeleri beraber yapmasıyla şaşıracağı..." Bir insan aynı anda kaç vazife yapabilir? En maharetli insana bile desem ki, aynı anda benim saçımı tıraş et, aynı anda bir başkasıyla konuş, bir de falancanın arabasını al onu da kullan, bu arada bizim eve bir temizliğe git, yolda da annemi ara bir şey lazım mı sor, bir de bize pasta yap, tantuniciye de yardım et, desem! Hepsi yarım kalır... O hâlde şuurlu iken en maharetlisi bunları yapamazken hava atomu bunları nasıl yapabiliyor? Demek ki burada büyük bir incelik var. Bu kadar iş ve icraat akılsız hava atomuna verilirse kim akılsız olur? Biz akılsız oluruz.

İnşaattan biraz da olsa anlayan birini bir alışveriş merkezine, gösterişli mağazalardan birine götürsem ve desem ki, işte bu gördüğün 2-3 katlı yerin elektrik sistemini, ışık sistemini, ses sistemini bizim usta yaptı. Ama bizim usta hem kör, hem dilsiz, hem de sağır, bir de eli, ayağı yokmuş. İnandırıcı olur mu? İnşaattan çok az da olsa anlayan birisi buna inanır mı? Eli, ayağı, gözü olmayan ustanın bunları yapamayacağını biliyoruz da, buna ihtimal vermiyoruz da akılsız, şuursuz, ilimsiz, kudretsiz, hayatsız bir hava atomunun az önce bahsettiğim faaliyetleri yapabileceğine inanmak olur mu? Demek ki perde arkasında bütün bu işleri yapan sonsuz bir ilim var. Neden sonsuz ilim derseniz, sonsuz tane atom birbirine karışmıyorsa bu ilim sonsuz olmak zorundadır da o yüzden. Bir sonsuz kudret olmak zorunda. Neden sonsuz kudret derseniz, çünkü bunların hepsinin yaptığı eylem, fiil ve faaliyetler birbirine karışmıyorsa bu kudret sonsuz olmak zorundadır. Demek ki, perde arkasında bütün bu özelliklere sahip bir Zat var. İşte biz ona Allah(c.c.) diyoruz!

"...Ve bir küçük zihayata çok yükler yüklenmesiyle, altında ezildiği ve bir lisan ve bir kulak, aynı anda müteaddit kelimelerin beraber çıkması ve girmesi intizamını bozup, karışacağı hâlde..."

Düşünelim ki 50 kişilik bir yerdeyiz ve herkes bir ağızdan size bir şeyler söylese bunu anlama ihtimaliniz olur mu? Elbette olmaz. Sizce hava atomu aynı anda konuşulan, aynı anda söylenen cümleleri, kelimeleri karıştırmadan nasıl herkese iletebiliyor. Yaptığı icraatları anladıkça anormal bir şey olduğunu görüyoruz. Ben akılsız bir atoma bunların verilebileceği ihtimalini düşünemiyorum. Demek perde arkasında başka başka olaylar var.

"... Aynelyakin gördüm ki, Hüve'nin anahtarı ile ve pusulasıyla fikren seyahat ettiğim hava unsurunda, her bir parçası, hatta her bir zerresi içine muhtelif binler noktalar, harfler, kelimeler konulduğu veya konulabileceği hâlde, karışmadığını ve intizamını bozmadığını, hem, ayrı ayrı pek çok vazifeler yaptığı hâlde, hiç şaşırmadan yapıldığını ve o parçaya ve zerreye pek çok ağır yükler yüklendiği hâlde hiç zaaf göstermeyerek, geri kalmayarak intizamla taşıdığını..."

Bizler havayla doğduğumuz günden beri iç içeyiz. Hiç bu gözle bakmış mıydınız havaya? Şimdi sorsam ki, akılsız, şuursuz atomlar bu işi yapabilir mi? Artık cevabımız daha farklı olur değil mi?

İlk emri "OKU" olan bir kitabın soracağı bir soru da acaba annene babana nasıl davranman gerektiğini OKUDUN MU olacaktır!

Anne Babaya Karşı Gelenlerin Sonu

Büyürsün bir kadının karnında, daha görülmeden sevilirsin, daha sesin duyulmadan özlenen olursun. Doğarsın, yine büyürsün bir kadının ellerinde. Allah(c.c.) seni zarif ellere teslim eder, emanetsindir sen artık bir yuvanın içine. Üzerine edilmiş dualar vardır, üzerine kurulmuş hayaller. Minik ellerin, minik gözlerin verilmiş birer nimettir. Sen daha küçücük ayakların ile yürümeyi bile beceremezken her anında seni emanet alan ailen vardır. Düşsen ilk onlar koşar, kalksan ilk onlar alkışlar...

Büyürsün iki insanın göz bebeğinde. Canın yansa onlarınki çoktan kül olmuştur, adım atacak olsan bilmediğin denizlerin kıyısına senden önce varacaklardır. O dalgalı fırtınalarda senden önce savaşacaklardır. Senden önce hissedeceklerdir savrulma ne demek, senden önce güleceklerdir tadına doyasıya. Sen ne istersen vakit öyle düzenlenecektir, sen ne istersen akşam sofrada o hazır önüne gelecektir, sen nerede ağlamak istersen orada çoktan omuz olacaklardır. Sen ergenliğini bahane ederek canlarını düşünmeden kırarken, onlar, yine kapıyı vurup çıktığında havanın derecesini araştıracaklardır. Üzerindeki kıyafetlerin kalınlığı onların dertleri olacaktır. Sen arkadaş masalarında dertlerini paylaşırken onlara anlatmasan da çoktan ciğerlerine dert yangını düşmüşçesine bir sabah başını okşayacaklar, bir öğlen senin için çaresizlikten kıvranacaklar, bir akşam gözünden yaş olup akmışken sana ben buradayım diye hissettirecekler. Sen bilmesen de, sana seslenen bir ses olmasa da o büyüdüğün avuç içlerinde dualar olacaktır senin adına. Nereye gidersen git etrafında bir kalkan karşılayacak seni, anne duasıyla korunurken. Kaç yaşına gelirsen gel sen hep iki insanın göz bebeğinde büyümek için küçücük kalacaksın. Bir gün büyüyüp de dünyaya bir yetişkin gibi baktığında seni göz bebeklerinde sakladıklarını anlayacaksın. El bebek, gül bebek her annenin ruhunda sen ne dersen de böyle kalacaksın.

Bugüne kadar anne babasına en ufak bir "öff!" demişler bu yazının başından vicdanları kavruk, rahatsız olmuş bir hâlde kalkacaklar. Bazen ateş sudan ziyade temizlik yapar, gelin biz de temizlenmek için bütün dikkatimizle hep beraber mesken tutalım bu satır aralarını. Ancak önce, şöyle bir dünya konseptine bakalım. Pozitivist denen kişiler, ben bir şeyleri ispat etmeden asla inanmam dediler ve cennete, cehenneme, ruha, bunların hepsine karşı geldiler, inkâr ettiler. Nihilistler ise komple elde avuçta ne varsa hepsini inkâr ettiler. Septisizm denilen bir olay çıktı ve her şeye şüpheci yaklaşmaya başladılar. Daha sonra asrımızın da en önemli hadiselerinden biri olan materyalizm çıktı ve fizik, kimya her şeyin önünde gelir dediler. Bir insanın saadeti sadece paraya bağlıdır dediler ve bunun yanında dünyada güçlü olmak istiyorsan bu da silah gücüdür diye eklediler. Az önce saydığım bütün akımları toplayıp yüz ile çarptığınızı düşünürsek, sonuç bir ailenin saadetini temin edebilecek kabiliyete muktedir midir? Eğer bunlar bir aile saadetini bile temin etmeye muktedir değil ise demek ki yanlış bir kapı çalmışlar demektir. Demek ki İslamiyet'in olmadığı yanlış bir kapının tokatları yenmiş demektir ve bu akımlar sonucunda, yani İslamiyet'ten el, ayak, vicdan ve kalp çekildikten sonra ortaya neler çıktı, neler peyda oldu neler değil mi? En başta huzurevleri peyda oldu! "Artık bu ihtiyarlarla uğraşamam, bu yaşlı kadının kahrını çekemem, bu âmâ adamın dırdırını çekemem." dediler ve rahatları bozulmasın diye huzur evi denilen ziftli karanlıklara çocukluktan beri el bebek gül bebek onlara bakmışları hapsettiler, kararttılar!

Hani insan sürekli bağdaş kurup oturunca dizinde bir hissizlik olur ve kan gitmez. Ne kadar cimciklesen, iğne batırsan, elinle sıksan da fayda etmez orada bir hissizlik oluşmuştur. Aynen öyle, bir insan Kur'an hakikatlerini beyin midesinde sindirip kalpteki iman potasında eritmiyorsa aynı hissizlik onda da vuku bulur. Böyle bir insanın anne babasına bu zulümleri yapması da gayet normaldir. Ama unutulan bir hadise var, anne/babanın hakkını koruyan Allah(c.c.), İsrâ Suresinde aynen şöyle buyuruyor:

"Onlardan biri veya her ikisi senin yanında ihtiyarlık çağına erişecek olursa, onlara sakın 'Öf' bile deme, onları azarlama; onlara güzel söz söyle. Onlara merhamet ve tevazu kanadını ger ve de ki: 'Ey Rabbim, nasıl onlar beni küçükken besleyip büyüttülerse, Sen de onlara öylece merhamet buyur.' Sizin içinizde olanı Rabbiniz hakkıyla bilir. Eğer siz salih kimseler olursanız, muhakkak ki O, kendisine yönelenler için çok bağışlayıcıdır."

Edebiyatta fehva denilen bir konu var, yani bir olay ve önermenin bütününü anlatacak kavram demektir. Mesela, hani bahçeye giderken çimlere basmayınız yazar, aslında o çimleri ezmeyiniz, çimlere arabayla gitmeyiniz, çimleri yakmayınız, çimlerin üzerinde mangal yakmayınız gibi bütün fikirleri kapsar. İşte az önceki ayette Allah(c.c.) öf bile demeyin diyor ya, bizim bunu fehva makamında anlamamız gerekir. Yani Cenabı Allah anneye öf bile demeyin diyorsa, diyebilecek hiçbir şeyimiz mevcut değil demektir! Mesela düşünelim ki mutfaktasın, içerde de yaşlı, ihtiyar annen ve baban var. Mutfakta yemek yerken bir anda sinirlensen ve öf diye bağırsan ve bu bağırmanı içerideki anne baban üzerine alınsa zannediyorum ki bunun bile hesabını vereceksin! Çünkü bu işin matematiğini Rabbim çok ilginç yapmış. Mesela dünyevi sebepler olarak bakacak olursak, anne ve babanın içine Cenabı Allah çok ciddi bir şefkat derç etmiş. Evlat deyince en güzel yerlerde okusun, ben aç kalayım o yesin, o giyinsin diyor. Demek ki dünyevi sebep olarak bir denklem kuracak olursak, Cenabı Allah, anne babaya çocuğu korusun diye çokça şefkat vermiş ama çocuğun içinde aynı derecede aynı şefkat var mı? Yok. Dünya hayatında çocuğun korunabilmesi için Allah(c.c.) anne babaya şefkat veriyor, ancak anne babanın korunması adına evlada aynı derecede şefkat vermiyorsa demek ki Rabbim diyor ki, *"Orada duracaksın! Çünkü anne ve baba hakkı bizzat Benim hakkımdır."* Yani Cenabı Allah evlada aynı şefkati derç etmiyor ama esas aslan payını, anne babayı bizzat kendi koruması altında onlara veriyor.

Üstad bizi derin nur okyanusuna şu cümlelerle daldırıyor:

"Ey hanesinde ihtiyar bir valide veya pederi veya akrabasından veya iman kardeşlerinden bir amel-mande veya âciz, alîl bir şahıs bulunan gafil!"

Annenize babanıza öf demişseniz, o karşı geldiğin sahneyi hayal et ve şu dehşetli sözleri oku:

"Şu ayeti kerimeye dikkat et, bak: Nasıl ki bir ayette, beş tabaka ayrı ayrı surette ihtiyar valideyne (yani anne ve babaya) şefkati celb ediyor! Evet, dünyada en yüksek hakikat, peder ve validelerin evlâtlarına karşı şefkatleridir."

Bu bir hakikattir dilden dile gelmiş bir hikâye değildir. Mesela, bir tavuk örneğine bakabiliriz, o kadar korkak, kışt desen kaçacak bir tavuk, yavru civcivi için nasıl da bir anda yiğit kesilir değil mi? Demek ki hakikaten yavruları ve evlatları korumak için Cenabı Allah anneye ve babaya bir şefkat mekanizması derç etmiş ve bu bir hakikattir.

"Ve en âli yüksek hukuk dahi, onların o şefkatlerine mukabil hürmet haklarıdır çünkü onlar, hayatlarını, kemâl-i lezzetle evlâtlarının hayatı için feda edip sarf ediyorlar."

Bir gün padişahın biri çok ciddi bir hastalığa yakalanıyor ve hastalığın tedavisi bir annenin kalbi. Tabii padişah bu kalbi getireni altına boğacak! Hayırsız evladın bir tanesi de, "Ana kusura bakma, sen bana tatlısın ama para baldan tatlı." diyor.

Annesinin kalbini bıçakla söküyor, eline alıyor. Koşuyor ki padişaha gitsin ve altınları alsın. Hızla, heyecanla, telaşla koşarken ayağı taşa takılıyor, düşüyor ve o yere düşen kalpten, "Evladım bir şeyin yok ya!" diye bir ses yükseliyor.

İşte anne... İşte baba... Öf dediğin sahneleri düşün! "Ya ne bileceksin sen beni ihtiyar." dediğin kareleri düşün! "Evladım bir şeyin yok ya." diyen delik deşik olmuş bir kalp...

"Öyle ise, insaniyeti sukut etmemiş ve canavara inkılâp etmemiş her bir velet..."

Üstad Hazretlerinin üslubunda hep latiflik, hep müspet hareket vardır. Üstad yumurtanın kabuğunu bile çöpe atmaz, toprağa gömer. Öyle bir incelik düşünün. Bir gün talebeleri bozuk floresanı çöpe kırarak attı diye bir bağırır talebelerine! *"Keçeliler şu tahrip duygusunu sizden alamadım gitti!"*

Bütün kâinata bu kadar şefkatle yaklaşan bir adam öf dediğin için sana canavar diyorsa gerçekten korkman lazım! Anladın mı neden canavar diyor? Hiç manasız bir kelime yok, çok ilginç.

"Öyle ise, insaniyeti sukut etmemiş ve canavara inkılâp etmemiş her bir velet o muhterem, sadık, fedakâr dostlara halisane hürmet ve samimâne hizmet ve rızalarını tahsil ve kalplerini hoşnut etmektir."

Peki, yapıyor muyuz böyle? Yoksa şöyle mi yapıyoruz, annen terleyince üşüme diye, "Evladım şu kazağını, hırkanı unutma," dediğinde, "Ya anne yeter be!" diyor muyuz demiyor muyuz? Öf bile demeyin, ayete karşı yeter be diyen bir evlat düşünün. Eğer bunların tefsirinde bir canavar sureti saklıysa, düşünün ki anasına babasına karşı gelen, kabre girdiğinde bu şimalle mi girecek, bu suretle mi girecek yoksa ağzından salya damlayan vahşi bir canavara mı tebeddül edecek! Düşünmek lazım! Düşünmek lazım...

Bir anne baba olarak onların yaptıkları can havli. Can havli denen olayı gelin bir senaryo ile hayalimizde şöyle canlandıralım. Düşünelim ki eviniz on birinci katta olsa, tatlı mı tatlı, canından can olan evladının da ayağı kaymış olsa... Allah[(c.c.)]

korusun! Sen balkonda başka bir işle uğraştığın için olayı fark edemediğinden dolayı evladın da tam düştü düşecek ve ben de bunu aşağıdan görüyorum sana bağırıyorum, "Ulan, çocuk düşecek tutsana lan!"

Evladını kurtarmaya vesile olduktan sonra aşağı inip bana teşekkür mü edersin, yoksa, "Sen bana niye ulanlı konuşuyorsun mu?" dersin. Teşekkür eder değil mi bir insan o hâlde? Peki, ben niye ulanlı herifli konuşuyorum çünkü can havliyle orada bağırıyorum. Eğer ben orada o şekilde bağırmasam, "Huhuu pardon bakar mısınız çocuğunuz..." Çocuk o arada kendini aşağı atar. Burada ne oluyor, can havli devreye giriyor. İşte annen sana diyor ya, "Evladım terli terli su içme..." İşte can havli bu oluyor çünkü sen onun canısın. Deseler ki oğlunun bir tırnağını mı çekelim canını mı? Benim annem bir şefkat kahramanı, kuşkusuz sizin anneniz de öyle, gözü kapalı verir o canı. Ben annemde görüyorum ama sadece annemde görürsem, bu, sebeplere takılmak olur değil mi? Annemin içine bunu koyan şefkat makinesi sahibi kimdir acaba? Asıl bunu düşünmek gerekir. Sebepleri kaldır aradan zahir olsun Yaradan!

Gitgide ağırlaşırken kalbimiz, Üstad devam ediyor: *"İşte, o mübarek ihtiyarların vücutlarını istiskal edip"* -çirkin görmek, onların varlığından rahatsız olmak- *"ölümlerini arzu etmek ne kadar vicdansızlık ve ne kadar alçaklıktır."*

Müspet hareket düsturundaki Üstad'dan çıkan cümlelere bakar mısınız? Bunlar şiddet kokuyor, "bil, ayıl!" demek ki akıbet çok kötü yere gidiyor.

"Evet, hayatını senin hayatına feda edenin zeval-i hayatını arzu etmek ne kadar çirkin bir zulüm, bir vicdansızlık olduğunu anla!"

Çocukluktan beri senin her şeyine koştursun, o pis altını temizlesin, o terini silsin, hasta olduğunda uykuları bölünsün hayatı mahvolsun, şehir şehir, doktor doktor gezsin, yaşlandıktan sonra sen içinden de ki, "Yav emekli maaşı da yok, benim de durumum yok. Masraf çıkacak." Oldu mu? Vicdan dayanır mı bu cümlelere? Ya da de ki, "Ya bu ihtiyar da hep aynı şeyleri söylenip duruyor!" E sen bebekken nasıldın? Aynı şeyleri söyleyip durmuyor muydun? Aynı şeyleri sorup durmuyor muydun? Nasıl bir şefkat kahramanı sana baktı, sen bir iki adım atmaya üşeniyorsun! Hele bir de hanımım babamı istemiyor, annemi istemiyor." diyenler var. Rabbin sana bunları emrediyor sen hâlâ hanım bunu demiş beyim bunu demiş! Kabirde de çağır hanımını, çağır beyini kurtarsın o zaman seni! Oldu mu şimdi?

"Ey derdi maişetle müptelâ olan insan!" Geçim derdiyle sarhoş olan insan. *"Bil ki, senin hanendeki bereket direği..."* Senin hanendeki bereket direği yaşlı annen var ya, yaşlı baban var ya, bizatihi hanendeki bütün bereketlere vesile direkt olarak odur. Bu bir ayetin tefsiridir. Bu bir hakikattir. *"...ve rahmet vesilesi ve musibet dâfiası"* -musibetleri kovma- *"hanendeki o istiskal ettiğin"* -o tiksindiğin, çirkin gördüğün- *"ihtiyar veya kör akrabandır. Sakın deme, Maişetim (geçimim) dardır, idare edemiyorum."* Bu para bana, çocuğa anca yetiyor, diyenlere! *"Çünkü onların yüzünden gelen bereket olmasaydı, elbette senin geçim darlığın daha ziyade olacaktı."*

"Bir dolu yağdı, dükkânımı bir sel bastı tam da yeni mal almıştım." Dön evine bak, annene babana ne zulüm ettin de başına geldi.

"Tam dolmuştan iniyorum yeni aldığım kot vardı yırtıldı." Dön eskiye bak kaç kere öf dedin!

"Benim gibi 40 yıllık şoför, tam oradan gelirken araba solladı bir çarptı araba perte çıktı. Dön arkana bak! Annenin babanın kaç kere yoluna halı olmadın da Allah(c.c.) senin altındaki o tekerleri böyle patlattı parçalattı.

"*Bunu teyid eden ve kendim gördüğüm bir misal: Benim yakın dostlarım bilirler ki, iki üç sene evvel hergün yarım ekmek—o köyün ekmeği küçüktü—muayyen bir tayınım vardı ki, çok defa bana kâfi gelmiyordu. Sonra dört kedi bana misafir geldiler. O aynı tayınım hem bana, hem onlara kâfi geldi. Çok kere de fazla kalırdı.*"

İşte bunun adı bereket. Bereket, anlaşılamayan bir şeydir. Bir bakarsın cüzdanına aynı maaş ama sen harcarsın harcarsın ve görürsün ki bitmemiş bir türlü. Bir bakıyorsun yemekten aldığın lezzet had safhada. Mesela, bir köşede üç gün boyunca yemek yememiş bir adam olsa, bir köşede de her gün en güzel baklavadan yiyen bir adam olsa. Ertesi gün, yani 4. gün her gün baklava yiyen adam bir dilim daha baklava yese ama 4. gün aç olan adam bir kuru ekmek yese. Aç olan daha çok lezzet alır. Bakın burada demagoji yok, gerçekte bir aç kalırsanız o zaman anlarsınız ki baklava yiyemezsiniz, mideniz kaldırmaz. Yani matematiksel olarak, baktığında aç olan adam daha çok lezzet alıyor. Ama düz mantık, Aristo mantığı bakınca baklavanın daha çok lezzet vermesi lazım. Demek ki bereket çok saklı ve gizli bir olgu. Nasıl olduğunu anlamıyorsun ama nasıl kaçtığını görebiliyorsun! Nasıl mı? Hadi şimdi annene ve babana öf de! Nasıl olduğunu göreceksin!

"İşte şu hal o derece tekerrür edip" yani bu bereket hâli *"bana kanaat verdi ki, ben kedilerin bereketinden istifade ediyordum. Kat'î bir surette ilân ediyorum: Onlar bana bâr değil, hem onlar*

benden değil, ben onlardan minnet alırdım. Ey insan! Madem canavar suretinde bir hayvan, insanların hanesine misafir geldiği vakit berekete medar oluyor, öyle ise mahlukatın en mükerremi olan insan ve insanların en mükemmeli olan ehl-i iman ve ehl-i imanın en ziyade hürmet ve merhamete şayan aceze, alil ihtiyareler, ve alîl ihtiyarların içinde şefkat ve hizmet ve muhabbete en ziyade lâyık ve müstehak bulunan akrabalar, ve akrabaların içinde dahi en hakikî dost ve en sadık muhib olan peder ve valide, ihtiyarlık hâlinde bir hanede bulunsa, ne derece vesile-i bereket ve vasıta-i rahmet ve 'Beli bükülmüş ihtiyarlarınız olmasaydı, belâlar sel gibi üstünüze dökülecekti.' Ne derece sebeb-i def-i musibet olduklarını sen kıyas eyle."

İşleri rast gitmeyen insanlara bakarsanız eğer, acaba bugün ne yaptım der. Oysa birçoğumuzun atladığı önemli bir detay var. Zaman, mekân gibi kavramlar kimler için var? Elbette biz insanlar için var. Cenabı Hakk katında zaman ve mekân mevcut değildir. Beşer zulmeder, kader adalet eder! Sen dön, o gün "anneme babama acaba ne yaptım?" diye düşün! Yirmili yaşlarda işlediğin bir günahın cezası senden kırklı yaşlarda da çıkabilir. Unutma, Cenabı Hakk katında zaman ve mekân mevcut değildir. İmani ve itikadi bir hadise olmadıkça annene öf bile diyemezsin. Senin imanı ve itikadi bir şeyine karışırlarsa, mesela namazın mı, zekâtın mı, orucun mu, ibadetin mi, sohbetin mi, kırbaç da vursalar gideceksin ama onlara efelenerek değil, yine şefkat yine rahmet ile gideceksin. Buradaki hukuk şöyle şerh ediliyor, önce Hukukullah, yani Allah'ın(c.c.) hukuku, daha sonra Peygamber hukuku, daha sonra bir kısım ulemaya göre asrın imamının hukuku, daha sonra anne hukuku, en sonda da babanın hukuku. Yani Allah'ın(c.c.) hukukunu yerine getiremedikten sonra diğer hukuklar pek de önem arz etmiyor. Bu işin sırasını aklımıza, kalbimize, ruhumuza böyle kazımamız, böyle bilmemiz lazım.

"İşte, ey insan, aklını başına al. Eğer sen ölmezsen, ihtiyar olacaksın."

Var mı kurtuluş bundan? Eğer ecel gençlikte gelmeyecek ise var mı kurtuluş? İhtiyarlamaktan bir kaçış var mı? Yok, değil mi, yok...

"Her amel kendi cinsinden bir şeyle karşılık görür." sırrıyla sen valideynine hürmet etmezsen, senin evlâdın dahi sana hizmet etmeyecektir."

Çok örnek görüyoruz değil mi? Bakıyorsun çocuk ilerde öyle bir dert olmuş ki babaya, baba varlıklı, her yerde sözü geçiyor ancak çocuk ayrı bir dert, değil mi? Cenabı Allah öyle bir çocuk veriyor ki o adama, başka hiçbir derde gerek yok. Adamın bütün hayatını silip süpürüyor. Demek ki men dakka dukka! Sen böyle edersen böyle bulursun. Burada bir itiraz edelim mi? Yani çevremize baktığımızda böyle insanlar olmadığını da görüyoruz. Gayet rahat rahat gezenler de var, değil mi? Kendi üzerimizden bir örnekle anlayalım bu konuyu da. Mesela ben senin telefonunu alsam, üzerine bassam, seninle biraz tartıştıktan sonra telefon meselesini aramızda hâlledebiliriz. Peki, ben senin fabrikalarını patlatsam, arabana mazot döküp yaksam, evine girsem ve her yeri parçalasam, evde ne varsa dağıtsam, mahvetsem. Bu kadar büyük bir olayı aramızda hâlledebilir miyiz? Hâlledemeyiz. Nereye gitmemiz lazım, bir mahkemeye gitmemiz lazım.

Anne babasına karşı gelip, onların vicdanlarına hasar veren evlatlar eğer bu dünyada karşılık görmedilerse, demek ki durum vahim, demek onların hâline acımamız gerek! Çünkü o kadar büyük bir şey yapılmış ki, bu dünya mahkemesinde karşılığı yok. Bu dünya ne yapsa karşılık olamaz, bu dünya ne yapsa cezasını veremez. Hem de en ufak bir öff'ün bile! O öf annenden emdiğin sütün, et, kemik, şekil almış haliyle karşısına dikilip, annenin evlat dediğinin yeri göğü inlettiği öff'üdür! Bu dünya buna nasıl karşılık verebilir? Demek bir Mahkeme-i Kübra'ya bırakılmış.

"Eğer ahiretini seversen, işte sana mühim bir define: Onlara hizmet et, rızalarını tahsil eyle. Eğer dünyayı seversen, yine onları memnun et ki, onların yüzünden hayatın rahat ve rızkın bereketli geçsin. Yoksa onları istiskal etmek" -çirkin görmek- *"ölümlerini temenni etmek ve onların nazik ve seriütteessür"* -sürekli üzülebilen- *"kalplerini rencide etmekle 'Dünyayı da ahireti de kaybetti' sırrına mazhar olursun. Eğer rahmet-i Rahmân istersen, o Rahmân'ın vedîalarına ve senin hanendeki emanetlerine rahmet et."*

İnsan ne yaparsa yapsın anne babası onu affeder zanneder. Ancak şunu unutmamamız gerekir: İlk emri 'OKU' olan bir kitabın sorularından biri de, acaba annene babana nasıl davranman gerektiğini OKUDUN MU olacaktır!

El âlem ne der boş versene sen,
El Âlim ne der, buna dertlen!

Bu Belaya Dikkat Edin!

Bir gece yarısı hararetle uyandığınızı, rüyanızda dikenli yollardan, simsiyah sarmaşıklardan kaçıp gözlerinizi açtığınızı düşünün. Gidiyorsunuz mutfağa, henüz kendinize gelememiş olmanın verdiği sersemlik ile elinizi rastgele bir bardağa atıyorsunuz, istediğiniz sadece bir bardak su. Susuzluğunuz hiç geçmezmiş, su bütün iliklerinize kadar işlemezmiş gibi dolduruyorsunuz bardağı. Hatta doluyor ve taşıyor, ancak siz ikna olmuyorsunuz. Susuzluğunuz arttıkça, artık bu kadarının yeterli olacağına inanıyor ve bardağı kafanıza dikiyorsunuz. Ancak bir yanlışlık var, bedeniniz ferahlamıyor, bütün organlarınıza kadar ateş yutmuşçasına, içiniz cayır cayır yanmaya başlıyor. Bu yanmanın karşısında bir bardak su daha içmek istiyorsunuz çünkü biliyorsunuz ki su ateşi söndürür.

Bir bardak daha içiyorsunuz, maalesef artık yangın daha da alev alıyor ve iliklerinize kadar ulaşıyor. Bir bardak suya daha yelteneceğiniz sırada dört bir yanınızın alevler içinde olduğunu görüyorsunuz. İçinde siz yanıyorsunuz. Ruhunuz yanıyor. Bedeniniz yanıyor. Kirpik uçlarınıza kadar ateşler içindesiniz.

Böyle bir geceye açmış olsaydınız gözlerinizi ne hissedersiniz? Ateşlerin yakıcı, parçalayıcı alevleri arasında eğer düşünmeye bir hâliniz kalsaydı, muhtemelen düz mantık ile, o suyu içmezdim, derdiniz. Sizce de öyle değil mi? Madem o suyu içtikten sonra bu alevler iliklerime kadar beni esir etti, bütün çevremi sarıp beni bir ateş çemberinin ortasına hapsetti, elbette ki içmemem en mantıklısı olurdu. Peki, eğer içmeyecek olsaydınız uyandığınız andaki o harareti, o susamışlık hissini nasıl geçirebilirdiniz? Size bunu tek bir kelimeyle yapabileceğinizi söylesem, sizce bu hangi kelime olabilirdi?

"Bir ateist ile karşılaşsak, biz ona Allah'ın varlığını nasıl ispat ederiz?"

Çoğumuz muhtemelen zor ispat ederiz çünkü içimizde hala namaz kılmayan, Kur'an okumayan insanlar var. Henüz birtakım şeyler iman potamızda yerini alamamışken boyumuzdan büyük işlere kalkışıyoruz. Bu da şeytanın kurnazlıklarından birisi aslında. Henüz Rabbinin kendisine neler söylediğini okumamış bir kişiyi, ateist bir kişinin karşısında hayal edebiliyor musunuz? Bir Müslüman için Kur'an okumak, namaz kılmak çok ekstra şeyler değil. Öyle başka bir algı oluşmuş ki zihinlerde, eğer Kur'an okuyan ve namaz kılan bir insansanız ooo âlim gibi insansınız! Kur'an ya Kur'an, son kitaptan bahsediyoruz, Allah'ın(c.c.) bize sözlerinden, emirlerinden bahsediyoruz. Kendimizi, kâinatı, dinimizi öğreneceğimiz bir kitaptan bahsediyoruz. İçerisinde senin konuşma şeklinden sokakta atacağın adıma kadar sana bilgi verilmiş bir kitaptan bahsediyoruz. Namazdan bahsetmiyorum bile, Kur'an okumamış bir insanın bunun önemini kavrayabilmesini bekleyemeyiz ki...

Kur'an'ı önüne koyuyoruz ve soruyoruz, "Sen bu kitabı kabul ediyor musun?"

"Evet, ben bu kitabı kabul ediyorum," diyor.

Bir insan kabul ediyorsa şunu da söylüyordur, "Ben bu kitabı kabul etmekle beraber iman da ediyorum." Neye iman ediyor? Allah'ın(c.c.) indirdiği, emrettiği her bir ayete tek tek iman ediyorum, diyor. Siz iman ediyor musunuz Kur'an'ı Kerim'e? Cevabınız evet ise sormak istiyorum, nasıl her şeyi ile iman ettiğimiz bir kitaptan seçmece yapabiliriz? Nasıl, şu ayet benim işime geliyor (haşa!) bu yüzden kabul edeyim, şu ayet benim işime gelmiyor (haşa!) bu yüzden kabul etmeyeyim diyebiliriz! Böyle bir şey olabilir mi? Bakın iman ettiğimiz Kur'an'da faiz haram yazılı!

Zorda kalınca çekebilirsin bir şey olmaz.

"Bu zamanda kredisiz hayat mı yaşanır!"

Siz de duyuyor musunuz çevrenizden bu sözleri, bu cevapları?

İnsanlar bazı günahların mahiyetini bilmediklerinden, Kur'an bundan nasıl bahseder, Resülullah'ın(s.a.v.) bu meseledeki perspektifi, yani bakış açısı nasıldır bilmediğinden dolayı böyle bu tarz günahları küçümseyerek bakar ve küçümseyerek işlemeye devam ederler. Aslında bilmedikleri ince bir mesele var, günahı küçümsemek küfre giden en hızlı yollardan birisidir! Düşünsene, küçücük saydığın, hatta belki küçük bile göremediğin günahların önünde koca bir merdiven oluşturmuş sen de hiç düşünmeden, durup bakmadan çıkmışsın da çıkmışsın, son basamağa geldiğinde bir bakıyorsun, artık yükseklerde şahlanan bir nefsin var, artık her şeyi kendinden bilen bir Firavunane nefse sahipsin...

Cenabı Hakk, Bakara Suresi'nde geçen bir ayeti kerimede aynen şöyle beyan ediyor, *"Ey iman edenler! Allah'tan korkun ve gerçekten iman etmiş iseniz faizden kalanı bırakın. Bunu yapmazsanız Allah ve resulü tarafından size bir savaş açıldığını bilin."*

Kur'an'da bu ayette Allah'a(c.c.) ve Resulüne(s.a.v.) karşı savaş açmaktan bahsediliyor. Yani indirilen ve beyan edilen bu hakikatlere karşı, "Ben bu hakikatlere inanmıyorum, bu hakikatlerde kusur vardır, işte o kusurları da ben bu dünyada yaptığım, kendi menfaatlerim için örttüğüm amellerimle bu şekilde örtüyorum." deyip savaş açma ifadesi sadece ve sadece FAİZ ayeti için mevcuttur! Düşünebiliyor musunuz konu aslında ne kadar dehşetli! Bu kadar büyük bir günah olan ve Allah(c.c.) ve Resulüne(s.a.v.) bu kadar büyük meydan okuma kıvamına giren bu faiz belasına her gün girdikçe giriyor, her daim battıkça batıyorsunuz. Allah'a(c.c.) ve âlemlere rahmet olarak gönderdiği Peygamberine savaş açmanın sadece bu ayette geçtiğini biliyor muydunuz? Bir de dönüp bizdeki bankalara bakalım. Faiz haram dediğimiz de nefislerden gelen seslere bakalım:

"Evde mi almayalım?"

İyi de ev almak farz mı? Yani sen ev almasan bir farzı terk etmiş mi olacaksın? Aç gözünü, asıl faizle o evi alırsan, bir farzı kabul etmemiş olacaksın!

"Arabayı değiştirmeyelim mi?"

Ey bir dirhem daha lüks yaşayayım, belki etraftakiler beni biraz daha övsün, eşim o kadar komşularla muhabbet ediyor onlar bunları almış ben de aynı refah seviyesine biraz daha ulaşayım diye ateşe yürüyen sen! Girdiğin FAİZ BELASI sana Allah'a(c.c.) ve Resulüne(s.a.v.) muazzam bir savaş açtırmış bulunmakta! Soruyorum sana, O'na savaş açan nasıl olur da kıyamet günü, "Ya Resülullah(s.a.v.) bana şefaat eyle." diye talepte bulunabilir! Ve soruyorum sana, o gün faiz ile elde ettiğin hangi mal seni kurtarmaya muktedir olabilir? Ev mi derdin, araba mı derdin, eşinin komşularına biraz daha gösteriş yapabilmesi mi derdin, arkadaşların ile oturduğun ortamda mal konuşması yapabilmek mi derdin? Bunlardan hangisi senin için Taif'te taşlanmış Peygamberinin derdiydi? Hangisi cennet için şart koşulmuş dertler arasında? Soruyorum sana, beton üzerine beton dikmek istediğin şu geçici dünyada mı bir ev sahibi olmak önemli, cennette bir ev sahibi olabilmek mi? Hangi yerde evsiz kalmak senin için zarar olur, sor bakalım nefsine sana bir cevap verebilecek mi? Sakın deme ki gün bugündür, yarın geldiğinde de o gün bugün olacak! Ve sen bugünü el mahkûm çiğnenemeyecek bir kural olarak sonlandırırken ahirette bir sonsuzluk içinde karşılık bulacaksın!

Taberani şöyle bir hadisi şeriften bahseder, *"Resûlullah, affolunmayan günahlardan sakınınız, onlardan biri de faiz yemektir. Hem kim faiz yerse kıyamet gününde deli ve çarpılmış olarak gelir"* buyurmaktadır ve Resülullah(s.a.v.) ardından şu ayeti kerimeyi okur: *"Faiz yiyenler ancak şeytanın çarparak sersemlettiği kimse gibi kalkarlar. Bunun sebebi onların, "Alım satım da ancak faiz gibidir" demeleridir. Hâlbuki Allah alım satımı helâl, faizi ise haram kılmıştır. Artık kime Allah'tan bir öğüt erişir de faizciliği bırakırsa geçmişteki kendisinindir, durumunun takdiri Allah'a aittir. Kim de yine faizciliğe dönerse işte bunlar orada devamlı kalmak üzere cehennemliklerdir."* Bu bilgilerden sonra sormak lazım, bütün dünya senin olsa dâhi ölüm sana, "hadi vakti geldi çık bakalım dışarı" diyecek mi demeyecek mi? Sence bir iki tık daha lüks yaşam için girdiğin bu faiz bunlara değecek mi? Kıyamet günü faizden kazandığın tüm malları sen kaybedeceksin, ancak ahirette hesap için yakana yapıştıklarında onlar seni terk edecek mi etmeyecek mi? Ve biliyor musun, şu ayetlerde cehennemde ebedi kalınacağı beyan ediliyorsa girdiğin her faiz aslında senin imanına talip oluyor demek. O ayette geçen *'alışverişte faiz gibidir'* sözü var ya, tam bu asra bakan bir ayet çünkü faizin haram şiddetinden bahsettiğin anda ne diyorlar, "Evde mi almayalım ne yapalım?" Nasıl bir yitiriliş var görüyorsunuz değil mi? Hâlbuki ev almak farz değil ama faiz yememek farzdır! Allah(c.c.) işte onlara cevap verecek. Hayır, Allah'ın(c.c.) helal kıldığı alışveriş sizin Allah'ın(c.c.) ayetlerini yanlış yorumlayarak faize girdiğiniz alışverişten tamamen ayrı bir şeydir! Yoksa sana cehennem kolayca girilir kolayca çıkılır bir yer gibi mi geliyor? Yoksa bu yüzden mi faiz çukurları içinde bu kadar rahat gezebiliyorsun? Hadiste şöyle bir ifade geçiyor, "*faiz çok bile olsa elbet aza dönüşür"*. Peki ya bu ne demek? Yani senin elinde, midende bereket namına hiçbir şey bırakmaz demek! Nasıl dehşet bir hadis değil mi? Çok da olsa aza dönüşüyor. Dünyalar kadar faizli para da olsa elinde, o, yok hükmündedir. Maddi olarak elini değdiğin o faizin para diye bürünmüş hâli var ya, işte onda zerre bereket olmuyor. Bereketin olmadığı yerde ne olabilir? Bereketin kovulduğu yere ne gelir?

Çevremizdeki evliliklere şöyle bir baksak göreceklerimiz ne yazık ki birbirinden çok da farklı şeyler değil. Bakıyorsun evliliklerin tonla problemi var, niye? Daha işin Bismillah'ında Allah(c.c.)

için, Peygamber(s.a.v.) için istiyor, şeytan için faize giriyor. Allah'ın(c.c.) adını anarak, Allah'ın(c.c.) izniyle hanımını istemeye gidiyor, karşı tarafta Allah'ın(c.c.) izniyle bunu bekliyor, peki ya sonrası ne oluyor? Nerede kalıyor Allah'ın(c.c.) izni, nerede kalıyor Allah'ın(c.c.) adı? Şatafatlı bir ev olmazsa, şatafatlı bir düğün olmazsa el âlem ne der? Başka türlüsü düşünülebilir mi bu zamanın modası bu olmuşken! Tam da böyle düşünülmüyor mu? Bu neyin beklentisi, bu nasıl doymaz bir nefsin evliliği olacak ki daha ilk dakikadan Allah'a(c.c.) savaş açılacak bir konuda gözü kapalı balıklama atlayabiliyor insan? El âlem ne der boş versene sen, El Âlim ne der, buna dertlen! Evliliğin amacı sadece ilan iken nasıl amaç gözleri doyurmak olabilir? Gözün doyunca ruhun doyacak mı yoksa kıvranacak mısın ömür boyu bu yaptıkların yüzünden? Düğünün için bir davetiyeyi de Peygamber Efendimize(s.a.v.) verebilecek olsaydın, bu hâlde verebilecek miydin? O düğüne Efendimizin(s.a.v.) gelmesini bekleyebilecek miydin? Ne olacak, bir odayı yap, diğerini de sonra yap, ne olacak yani. Bırak gerekiyorsa bir oda öylece kalsın, sen diğer odalarını ahirette inşa et. Bu dünyada rahat olayım, dilime dolayacak, övünecek malım olsun diye ahiretteki hesap geri plana atılabilir mi? İşte savaş görmemiş bir milletin çocukları cehennem azabı ne demek anlayamıyorlar. Anlayamayınca ne oluyor, "Ay işte o 50 milyarlık faizle ben bunların hepsini almazsam benim annemgil de vermezler"...

E vermesin böyle verecekse vermesin! Böyle gidip hanımını isteyeceksen isteme, sana da kız vermesinler! Nimet mi bu! Nimet mi şimdi bu istenilen? Cehenneme ateş istemek değil mi? Hiç cehennemin ateşi Allah'ın(c.c.) adıyla istenebilir mi? Bu nikmet gibi veriliyor, görmüyor musun? Sonra geriye huzur kalmıyor çünkü işin başlangıç temelinde o kadar ciddi bir kesik var ki merkezde, ufacık bir açı çevre muhite vardığında gitgide büyüyor. Orada bir kere başladın mı faize devamı geliyor, sonra bebeğin oluyor, bebeğinin biberonuydu, sütüydü derken devam edip gidiyor. Altındaki bezinden mamasına, evine aldığın misafirine kadar hayrını belki de sen gittin faize çevirdin. Ona faiz ona faiz ne diyor Hadisi Şerifte, *"Çoklar olsa az olur"*. Yani bir insanın gönül eşini bulup evinde huzurlu, mutlu bir şekilde cennetten bir bahçe köşesine çevirmesi gerekirken, bu kadar çok perspektif mevcut iken her şey azıcık oluyor, cehennem yuvası gibi yer oluyor. Saray gibi yerlerde bülbüller kadar eğlenemiyorlar ondan sonra. Sebebi aynı! Sebebi, hep faiz! Çokları böyle az ediyor işte. İşte bu faiz kanser gibi bir şey. Ne evinde huzur bırakır, ne ruhunda huzur bırakır, ne çocuğunda huzur bırakır. Hadi bunları da geçtim çünkü dünya namına çekilecek bir sıkıntının tahammülü vardır, acı çekersin, bayılırsın, bayılamazsan en fazla ölürsün, yani bir yerde elbet o çektiğin acı son ve nihayet bulacaktır. Ama ahirette ölmek yok, bayılmak yok, uyumak yok, uyanmak yok, af yok, tövbe yok, daimi, bitmeyen bir sistematik azabın içine gireceksin, karanlıkta kalacaksın. Haykıracaksın, susayacak, su isterken kandan, irinden bardaklardan içeceksin, deniz suyu gibi, içtikçe susayacaksın, susadıkça içeceksin, en son çatlayacaksın ama sanma ki bayılacaksın. Sanma ki öleceksin. Değer mi böyle bir meseleyi 3+1 değil de 4+1 ev için tartmaya? Değer mi böyle bir meseleyi aman arabam manuel değil de otomatik vites olsun, diye tartmaya?

Göklere çıkarayım diye faizle başladığın servetin seninle beraber yerin dibine girecek. Size İbni Abbas'tan(r.a.) yine tüylerinizi yerinden oynatacak bir hadisten bahsetmek istiyorum, *"Allah faiz yiyenin ne sadakasını, ne cihadını, ne sılayı raimini kabul etmeyecektir."* Hani sen faiz ile beraber hayır işlerini de götürüyorsun ya, oraya koşturuyorsun cihad ediyorsun, o asrın cihadını ediyorsun mesela kalemle, mürekkeple sağa sola Cenabı Allah'ı anlatıyorsun ya da o faizle beraber oraya para verdim buraya koşturdum bunları diyorsun ya! Bu faizle beraber anneme yardımcı oldum, akrabama çok vefalıyım, sılayı rahmim boldur diyorsun ya! Ahirete de gidince bu beklentilerinle beraber her birini "Ya Rabbim ben Senin için bunları yapmıştım Sen de rahmetinin tecellisi olarak bana bunların karşılığı bir cennet verir misin?" dediğin anda bir bakacaksın ki güneş sarısı olması gereken yer zift karası olacak! Çünkü yaptıkların faizin yanında birbirini çürütüp bitirmiş! Resûlullah sallallâhu aleyhi ve sellem ribâyı / fâizi yiyene, yedirene, (sözleşmesini) yazana, şahidine lanet etti ve 'Onlar müsâvîdirler /eşittirler.' dedi." Ben faiz yemiyorum, sadece ev, araba için kredi aldım diyen var ise işin haram boyutunun nerelere gittiğine, sonsuzu nasıl bir anda kül edeceğine bir daha bakmalı!

İnsanların çok takıldığı bir hadise var ki, kredi deyip helal gibi zannediyorlar, aslında aynısının moru oluyor. Faizin adına kredi dendiğinde helal olmuyor ki. Yoksa her günaha bulduğun gibi buna da başka bir mazeret bulduğunda kurtulacağını mı zannediyorsun? Allah'ın[(c.c.)] vaadinden şüphe mi ediyorsun? Lütfen, lütfen ama lütfen ben bu faizle işimi büyütüp daha çok insana istihdam açıyorum deyip şeytanın muazzam, sistematik desiselerine kanmayalım. Haramla başlayan bir iş nasıl helal olacak? Olabilir mi bu?

Kütübü Sitte'de İbni Mace, Ebu Hureyre'den[(r.a.)] naklettiği bir hadiste şöyle beyan ediyor, *"Miraç gecesi bir kavme uğradım. Onların karınları evler gibiydi. O karınların içinde de yılanlar vardı. O yılanlar karınlarının dışından gözüküyordu. Ben dedim ki: Ey Cebrail! Bunlar kimlerdir? Cebrail dedi ki: Bunlar faiz yiyenlerdir."* Sübhanallah! Sivrisineğin sokmasına dayanamayan, ona tedbir olsun diye her türlü teli çeviren, vücuduna her türlü spreyi sıkan insanlar farkındalar mı sivrisineğin ısırmasından kaçıp yılanın zehirli ağzına bir yolculuğa gittiklerinin? Birçok kişi ben bunu bilmiyordum bu yüzden bana herhalde bu günah bulaşmamıştır diyebilir. Gelin bunu şöyle hayal edelim, çok sevdiğiniz bir arkadaşınızla aranızda bir olay yaşansa, mesela siz arkadaşınızın çayının yanındaki kurabiyeyi alıp yeseniz, derken olay büyüse ve o çok sevdiğiniz arkadaşınızı bıçaklayıp öldürseniz. Sonrasında mahkemeye çıksanız ve hâkim size, 20 yıl boyunca sana hapis verdim," dese, siz de kendinizi savunmak amaçlı, "Hâkim bey iyi de ben adam öldürmenin suç olduğunu bilmiyordum ki." deseniz... İşte bu anda kanun size ne diyor biliyor musunuz? Hukukta bilmemeye cevaz yoktur! Aynen öyle de İslamiyet'te de cehalete cevaz olmadığından, bir insan buluğ çağını geçtikten sonra bunları bilmesi üzerine bir hüküm olduğundan dolayı zaten onların bilinmemesi çok ayrı bir günah oluyor.

İnsan faize, krediye zaten gül gülistan gününde el uzatmaz. İmtihan da bu ya, acaba o anda Allah'ın(c.c.) emrinden yüz mü çevireceksin, çare bulma gücünü kendinde, haramlarda mı arayacaksın yoksa, "Ya Rab ben çaresiz kaldım, aciz kaldım bana ne olur yardım et." diye Rabbine mi sığınacaksın? Çaresini gidip banka kapılarında mı arayacaksın, faiz kapılarında mı arayacaksın, oralara mı kul olacaksın yoksa seni yoktan var eden, her şeyi yoktan var etmiş ve var etme gücü sadece ve sadece kendisinde olan Rabbinde mi arayacaksın? İmtihanın büyük olabilir, derdin büyük olabilir, acil paraya sıkışmış olabilirsin, ev, araba, mal, mülk istiyor olabilirsin ama dur yapma, girme o savaşın içine! İmtihan dediğin yokuştan seni rahatlıkla çıkartmaz zaten. En büyük imtihanlara bitti emrini verecek Rabbin değil mi? O zaman bu dünyanın anlamını anla ve ahiretine hazırlan. Çek ellerini, kirletme o faizle, çek gözlerini kirletme o banka sıralarında. Çek kendini, çek ki geri durduğun her bir yer, her bir adım seni Rabbinin rızasına yakınlaştırsın.

Yazının başında gecenin bir yarısı hayal içinde gezmiştik ve size bir soru sormuştum. Susuzluğunuzu nasıl geçirirsiniz diye. Ateşin sebebini heybemize koyabildik ve idrak edebildiysek eğer cevaba geçelim. Tek bir kelime ile bütün ateşlerin sönebileceği bir huzur yolculuğuna çıkalım: *"Bismillah!"* Yani Allah'ın(c.c.) adıyla... Allah'ın(c.c.) adını andığınız bir yerde harama el uzatabilir misiniz? Allah'ın(c.c.) adını ana ana dünyanızı yakabilir misiniz? Elbette hayır. İşte bizim hayatımızın en büyük eksiği her an ruhumuzda, dilimizde, maddi ve manevi Allah'ı(c.c.) anamamak. O'nun(c.c.) adıyla başladığımız hiçbir iş bizi harama sokamaz, O'nun(c.c.) adıyla başladığımız hiçbir iş bizi cehenneme götüremez. Bismillah ile başlamazsak dünya susuzluğumuz hiç doymaz, biz o bardağı taşırır da taşırırız. Sonra etrafımızı faiz yangını sarar, içinde biz yanarız, ruhumuz yanar, bedenimiz yanar, İMANIMIZ yanar. İmanımız giderse yerine sonsuz bir azap gelir, imanımız giderse yerine ahirette Rabbi huzurunda rezil olmuş bir biz geliriz. Sormayacak mı Allah(c.c.), dünyada sen Bana ve Resulüme(s.a.v.) mi savaş açmıştın, al sana payın, sonsuz bir cehennem, sonsuz bir azap demeyecek mi? Tekrar düşünelim ayetleri ve hadisleri, tekrar tekrar düşünelim. Ne zaman yeltenecek olsak bir daha okuyalım. Ne yapalım edelim, Bismillah ile başlayalım. Eğer her şeye Allah'ın(c.c.) adıyla başlayabilirsek işte o zaman bu sular bizi serinletir, işte o zaman bütün susuzluklarımız, ihtiyaçlarımız, sığındığımız yer tarafından nimetlendirilir.

Eğer bu kitabı okuyacak kadar hâlâ kalbin çarpıyor, nefes alabiliyorsan, tövbe edip terk etmek için hâlâ bir umudun var demektir. Ya bu hakikatlerden sonra Rabbine yönelirsin, ya da bu hakikatleri bilmenin mesuliyetiyle azabını artırırsın. Tercih senin! Değmeyecek yollardan geç uyanmak da var! İş işten geçtikten sonra, tövbe kapısı kapandıktan sonra tövbenin bir anlamı olur mu? Gelin biz Mü'min olmanın gücüne sığınarak tövbe kapımızı kendi ellerimizle kapatmayalım ve âlemlerin Rabbine sığınalım! Sığınalım ki Allah'ın(c.c.) bize açacağı kapılardaki rahmetini iliklerimize kadar hissedebilelim...

Biter, ömür de biter, gider, dünya malı da gider. Elinde bir sen kalırsın bir de amellerin. Hesap günü sen de gidersin ki her bir uzvun sana karşı şahitlik eder. Değer mi Rabbinin rızasını yitirmeye, değer mi Peygamberini görememeye? Oysa haramlara sırtını dönsen ve aldırış etmeden Bismillah nidalarıyla geçip gitsen, bir gün batacak olan bu dünyadan neler getirecek sana biliyor musun? Bir an düşün, Rabbinin huzurundasın ve Rabbin sana diyor ki, "Ey kulum, iyi gününde de, imtihan gününde de sen hep bana sığındın, bu yüzden çaresiz bırakmadım seni. Şimdi dinlenme vaktin, al sana rızam, al sana cennetim..." dese, sevinmeyecek misin?

En çok sen yaşa bu dünyada Mü'min olarak!

Yaşa, ama Allah'ın(c.c.) adıyla yaşa...

Şu koca kâinatta tesadüf olan tek bir şey var mı sanırsın ki başına gelen hadiselerde de olabilsin?

Seni Bana Kader Yazdı

İçimiz hep kırıklar ülkesiyken dinlenebileceğimiz bir yer ile karşılaşmak isteriz. Çocukken oynadığımız saklambaçlar arasında attığımız çığlıklar gibi işte seni buldum, "sobe" demek isteriz. Yollarda dinlenmemiz gerekirken belki bir gün öylece çekip gitmişiz, bir molalık nefes alışta belki de fark etmemişizdir. Sahi, olması gerekenler olup biterken biz fark etmemişsek ne olacak? Hani deriz ya, başıma gelen şu olaydaki hayrı çok sonra anladım diye, demek ki biz hayrı anlamanın vakti gelene kadar fark etmesek de bir şeyler olmaya devam ediyor. Demek biz anlasak da anlamasak da yol asla bitmiyor.

Varış istikametine odaklanmışken, yolda kaç ağaç geçtik, kaç yol ayrımından döndük hesap edemiyor insan. Ta ki o yol ayrımlarından birine gelip de işte burası diyene kadar. Güzler kışa dönüyor, baharlar yaza, sanki bir biz dönmüyormuşuz gibi bekleyişlerimizin hayrından. İnsan birini görür görmez, işte bu, diyebilir mi? Tanıyabilir mi onu hemen, o ilk anda evet diyebilir mi? Aşk tesadüfleri mi sever tevafukları mı? Sizce de yıllardır kandırılmış olabilir miyiz? Her gün okula ya da işe gitmek için geçtiğiniz yolda yeni açılmış bir dükkân görseniz diyebilir misiniz, "Taa şu şehirden gelmiş, tesadüfen buraya dükkân açmış." diye. Diyemezsiniz değil mi? Çünkü o dükkânın sahibine de sorsanız size neden başka yerde değil de o şehirde, o semtte, o sokakta dükkân açtığını en geçerli nedenlerle, en ince hesaplamalarıyla anlatacaktır. Bir dükkân sahibi bile bunu bilinçli yaparken aşk tesadüfleri sevebilir mi?

Tesadüf demek rast gelmek, kendinden olma manasında. Oysa tevafuk tesadüfün tam zıttı. Yani tevafukta bir kasıt var. Tevafuk, Cenabı Allah'ın bir kasıt ile denk getirmesidir. Yaratılışta ve devam eden hadiselerdeki pek çok noktadaki benzerlikler tesadüf değil, aksine tevafuktur. Tevafuka baktığımızda aslında görüyoruz ki tevafuk Allah'ın(c.c.) tevhid mührü. Yani Cenabı Allah'ın(c.c.) var olduğunu her yerde mühürlemesi demek oluyor. Bir kurumsal markanın logosunu düşünün, hangi şehre giderseniz gidin bu logoyu düşününce anlarsınız, hepsi aynı marka. Nasıl ki kurumsal bir markayı hangi şehre gitseniz mühründen tanırsınız, aynen öyle de, gördüğümüz her bir mühür bize Allah'ın(c.c.) birliğini anlatır. Mesela bütün düzgün yuvarlakların çevresini çapına böldüğünüzde pi sayısını elde edersiniz. Bu tabii ki bir tesadüf değil, bir kastın ve tevafukun örneğidir. Şimdi düşünelim, kâinatın her yerindeki o yuvarlakların mührü aynı mı? Evet aynı, demek ki bütün hepsi tek bir fabrikadan çıkmış demektir. Bütün hepsi tek bir kurumsal fabrikadan çıkmışsa onu dizayn eden sanatkâr da tektir, yani La İlahe İllallah!

Allah Azze ve Celle şu muazzam kâinatı yaratırken hem yaratıcının tek olduğunu göstermek hem de kâinattan daha iyi istifade edilmesini sağlamak için çok fazla tevafuklar yaratmış. Mesela atom ile güneş sisteminin birbirine bir benzerliği, yani tevafuku vardır. İkisinin de modelleri birbirine benzer. Atomun ortasında çekirdek vardır ve etrafında elektronlar döner. Güneş sistemine baktığımız da ise tevafuk eder ve aynı şekildedir, merkezinde güneş, etrafında ise gezegenler döner. İnsan bu tevafuklara bakıp aynı mühürleri gördüğü anda, "Bunların yaratıcısı bir olmak zorundadır." diyor. Zaten Cenabı Allah ayeti kerime de şöyle söyler, *"Şüphesiz biz her şeyi bir ölçüye göre yarattık."* (Kamer Suresi/49). Çevremize baktığımızda ölçüsüz, dengesiz hiçbir şey göremiyoruz. Her şeyin öyle narin bir terazisi var ki, insan bakıp bakıp Sübhanallah demekten kendini alamıyor. Küçücük bir karıncadan koca galaksilere kadar her şey bir düzen içerisinde. Mesela 96.000 km uzunluğundaki damarlarımızı düşünelim, öyle bir ölçüyle bedenimize yerleştirilmiş ki, muazzam bir düzen mevcut. Peki, sizce bu düzen sadece fani, gelip geçici bir dünya için verilmiş olabilir mi? Nasıl ki bu dünyadaki her şey asıl yurdumuzun bir gölgesi hükmünde, aynen öyle de bizim burada dahi hayretler içerisinde kaldığımız bu muazzam düzen de ahiretteki ölçünün, düzenin bir gölgesi hükmünde. Cennetin ne kadar ölçülü olduğunu düşünebiliyor musunuz? Harika bir şey değil mi? Ancak cennetin yanında cehennemin de ne kadar ölçülü olduğunu düşünmemiz gerekir. İşte tam da burada aslında ince bir detay daha var. Bu dünyadaki matematik ahiretteki matematiğin göstergesi ise, yaptıklarımızın ve yapmadıklarımızın en hassas terazilerini, en hassas ölçümlerinin hesaplanacağı o ahiret gününü bir nevi daha yakından idrak edebiliriz. Bu durum nefislerimizin ne kadar işine gelmeyecekse bir o kadar da fıtratımızın aslını içimizin bir yerlerinde bırakabildiysek oralar için de o kadar bayram sayılacak. İnsan bu mükemmel ölçüye karşı hakkını verebilse, kendindeki muazzam ölçü ve dengeyi çok rahat fark edebilecek. Nasıl ki gitmek istediğiniz yer için belli bir istikamet kullanmanız gerekir, aynen öyle, bu muazzam ölçü ve dengeyle çıkabileceğiniz son durak da cennettir. Son ama her şeyin başı olan o durak!

Bediüzzaman Said Nursî'nin bu konuyla ilgili muazzam bir cümlesi var, *"Eşya arasındaki tevafuk, Sâniin Vâhid olduğuna delalet ettiği gibi, aralarında bulunan muntazam tehalüf de Sâniin Muhtar ve Hakîm olduğuna şehadet eder. Meselâ: Hayvanların bilhassa insanların esas azalarındaki tevafuk, bilhassa çift azalardaki temasül (birbirine benzeme) Hâlıkın vahdetine burhan (delil) olduğu gibi keyfiyetler ve şekillerdeki tehalüf de (birbirinden farklı olmak da) Hâlıkın ihtiyar ve hikmetine delalet eder."* Bu hakikati biraz daha iyi anlamak için mazinize doğru bir anınıza misafir olalım. Mesela birisini aklınızdan geçirmişsinizdir ya da anmışsınızdır, tam o anda o kişi ya sizi arar ya çıkagelir ya da başına bir şey gelir. Yaşadınız değil mi böyle bir durum? Hani içinizden bir şey geçirirsiniz, o anda o olayın olmuş olduğunu öğrenirdiniz. Canınız bir şey ister, çat kapı çalar eve gelen kişi her kimse elinde tam da az önce içinizden geçen bir şey vardır. Sizce bunlar bizim veli ya da evliya olmamızdan, bizim çok muhterem insanlar olmamızdan kaynaklı olabilir mi? Kesinlikle hayır. Bunları büyütüp hemen kendimizi veli ya da evliya saymaya gerek olmadığı gibi, aklımızdan geçen kişinin başına gelen olayın da bizimle alakası olduğunu düşünmeye gerek yok. Cenabı Hakk, yani Yaratıcı sadece olayları tevafuk ettirmiştir. Bu konuda Üstad Bediüzzaman'ın bence unutulmaması, mihenk taşı olması gereken dehşet bir cümlesi var, *"Çok adi perdeler içinde mühim işaretler verilir, ehli anlar"*. Yani başınıza gelen ve tesadüf gibi görülen ama aslında tevafuk olan hadiselerde Rabbiniz sizin için inanılmaz mühim mesajlar veriyor olabilir. Tevafukların vuku bulduğu koca kâinatta her bir şeyi düzenle yerine yerleştiren Cenabı Allah senin karşına tesadüf gibi basit bir şey gönderir mi hiç? Senin için koca kâinatı hizmetine veren Cenabı Hakk seni basit bir tesadüf anına yolcu çıkarır mı hiç? Şu koca kâinatta tesadüf olan tek bir şey var mı sanırsın ki başına gelen hadiselerde de olabilsin? Kendinin yanında hadiseleri de basitleştirdiğin o gafletten gözlerini çek, Rabbinin senin için yazdığı nasiplere bir düş mavisi sessizliğinde tutun. Göreceksin neler olacak.

Bizde Allah isterse kuşlar filleri yener azizim!
Anlıyorsun değil mi?

Açtığın Her Yaradan Hesap Sorar Yaradan

Nerede kırdılar seni, hangi ağaca yaslandın da kestiler dallarını? Hangi ağaçta tomurcuk olup uyanacaktın da sabahlara, yüreğinin sevinç güneşlerini söndürdüler? Hüzünlü gönüller eksilmiş olsaydı ömrümüzün orta yerinden, ciğerler bu kadar Allah(c.c.) diye yanmazdı ki hiç. Ciğerini söke söke seni titreten bir dert besliyorsan eğer içinde, büyütüyorsan eğer içinde, sıkı sıkı sarıl ona. O senin dua biletindir. O senin, acizim diye haykırışlarındır. O senin, Rabbine titrek sesinle, "Ben kırıldım, Ya Rab beni onar." deyişlerindir.

Geçmez mi dertlerin sanırsın, hakkın alınmaz mı sanırsın zalim sıfatlı çehrelerden? Sabret, bekle, öyle bir sabret ki, o kadar uzun sürsün "Hamd olsun Ya Rab!" deyişlerin... Gül, dikenle sarılmasaydı, her el uzanırdı ona. Herkes tutmak isterdi, kimi ziyan edecekti kimi hakkını verecekti. Diken olmasaydı eğer harcanıp gitmez miydi yabancı ellerde? Bırak senin de dikenlerin olsun, senin de hüzün dolu gönlün olsun ki nefsin sana yaklaşırken o dikenlerden kaçsın dursun. O dikenlerdir sana dua ettirecek, o dikenlerdir seni Allah'ın(c.c.) sevdiği mazlumlar listesine ekleyecek. Peki ya mazlumların edecek duası var da ya zalimlerin? Ya zalimler ne edecek? Çok mu kırıldın, yüreğin çok mu incitildi, o zaman bu satırları gönlüne misafir eyle.

Bak sana şimdi Fil Suresi'nden bahsedeceğim. Hani minik minik kuşların kocaman filleri nasıl yendiğini anlatan o sûreden. Şu hayatta kendini ne zaman kuşlar gibi küçük ve savunmasız hissedersen, şu hayatta ne zaman kendini tek ve yorgun hissedersen, işte hemen bu sureyi hatırla ve ona sarıl diye bahsedeceğim ve sen anlayacaksın ki, bizde büyük ve güçlü olan kazanmaz ve sen anlayacaksın ki, bizde Allah(c.c.) kimin yanındaysa o kazanır ve sen anlayacaksın ki, bizde imkânsız diye bir şey yoktur. Anlayacaksın, bizde "Kün Fe Yekün!" vardır çünkü O'nun(c.c.) ol dediği olur çünkü Allah(c.c.) ne isterse o olur ve anlayacaksın, bizde kuşlar filleri yener azizim...

Güçlünün değil, mazlumun yanındadır Fil Suresi. Bize anlatır ki, bu mesele Ebrehe'nin sadece Kâbe'ye savaşı değil, bir zalimin sivil bir topluma da savaşıdır. O dönem Ebrehe gibi bir zalimin üzerine çıkacak hiçbir mevcut kimse yoktu, hiçbir mevcut güç de yoktu. Peki, soruyorum sana, onu kim sorgulayabilir, kim hesap sorabilirdi? Koca filleri olan Ebrehe'yi kim sorgulayabilirdi? Ayette, "Elem tera", yani "Görmedin mi?" denilirken Türkçeye çevrilişi gibi aslında geçmişten bahsedilmiyor. Burası öyle önemli ki, burada geniş bir zaman meselesi var. Yani geçmiş olduğu, devam edeceği, ilerde de olacağı ve bütün zamanı kuşatana kadar böyle hadiseler olmaya devam edeceği meselesi var. Tabii şurası da önemli, böyle Ebrehe gibi zalimler olmaya devam edecek ama Allah(c.c.) dinine zarar verenlerin de her defasında Fil Suresi'ndeki gibi akıbetini perişan edecek! Cenabı Hakk, Ebrehe'nin orduyu toplamasına, paraları toplamasına, o serveti toplamasına ve filleri toplamasına engel olabilirdi ancak müsaade ediyor. Cenabı Allah başında hiç dokunmuyor Ebrehe'ye. Eğer Allah(c.c.) ona engel olsaydı tüm yolu gidemeyebilirdi, Mekke'nin yolunu ona gösteren adamla karşılaşmayabilirdi. Ama Cenabı Allah bütün bunlara ve hadisenin aynı şekilde devam etmesine izin veriyor. Çünkü Allah(c.c.), onların planlarının yolunda gittiğine inanmalarını istiyor. İnanmalarını istiyor ki azapları da aynı seviyede artabilsin! Allah'ın(c.c.) izin verme meselesini biz fani hayatlar üzerinden anlamak açısından bir örnekle daha iyi hissedebiliriz. Mesela bir köpeğe ceza vermek isterseniz onu üç adımlık bir ip ile bağlamazsınız çünkü o üç adımlık ipte köpek zaten bir yere kaçıp gidemeyeceğini bilir ve hiçbir hamle yapmaz, yapamaz. Bir köpeğe ceza vermek isterseniz onu 300-400 metre bir uzunlukta ip ile bağlarsınız ve köpek öyle koşar, o kadar hızlanır ki, özgür olduğuna o kadar inanır ki, hızını en üst seviyede aldığı o noktada ip gırtlağını çektiği anda nasıl bir cezaya dûçar olduğunu orada anlar. Bu misalden Ebrehe'nin durumunu daha iyi anlayabiliriz. Cenabı Allah Ebrehe'ye aynısını yaptı. Başta onu engelleseydi Ebrehe gibi zalim bir adamın üç beş adımda bir tokatla işi bitmiş olacaktı. Böyle bir zalim böyle kolay kurtulabilir miydi? İşte bu yüzden Cenabı Allah(c.c.), Ebrehe'nin o kadar özgür olduğuna inanmasını, bu işi o kadar yapabileceğine inanmasını, Kâbe'ye o kadar şiddetli zarar verebileceğine inanmasını istedi ki, Ebrehe'ye mani olmadı. Yolda işleri de rast gitti, serveti de gitgide arttı. Birçok insan da buldu ve Kâbe'yi yıkmaya fillerle beraber gitti çünkü Allah(c.c.), Ebrehe'nin özgür olduğuna inanmasını istiyordu! Özgür olduğuna inanacaktı ki ipi 400 metre sonra gırtlağını sıksın!

Ebrehe artık özgür olduğuna inanmıştı, gücü kendisinde zannediyordu. Tam da o esnada ebabiller geldi. Yani bir kuş sürüsü geldi. Ebrehe ve fillerine karşı sadece bir kuş sürüsü. Ebabillerin pençelerinde iki tane, gagalarında bir tane, yani toplam üçer tane çakıl taşı vardı. O kadar yukardan atıyorlardı ki, yere indiklerinde o küçük çakıl taşları adeta mermi gibi etki gösteriyordu ve biliyor musun, her bir taş nereye isabet etmesi gerekiyorsa tam da orayı vuruyordu. Sanki kader planında cebri determinizmde dirhem dirhem örülmüş gibi. Kırılması en zor kemik, yani en sağlam kemik kafatası kemiğidir ve ebabillerin attığı taşlar oranın üstünden giriyordu, delip, altından tekrar çıkıp geçiyordu. Zalimler kurumuş, paramparça olmuş ağaç yaprakları gibi dağılıyorlardı. Ebrehe'nin artık etleri parçalanmış ve çürümüştü. Allah(c.c.), fillerini kullananlara karşı bunu kuşlarla yaptı çünkü O Allah Azze ve Celleydi! Burada fark etmemiz gereken bir detay daha var ki, Cenabı Allah Ebrehe'ye yenilgisini kendi arkasında sandığı filler ile de gösterebilirdi. Yani Ebrehe fillerine bu kadar güvenirken Allah(c.c.) fillere, Ebrehe'yi yenme emrini de verebilirdi çünkü bütün yaratılmışlar Allah'ın(c.c.) kudret elindedir. Ancak Allah(c.c.), Ebrehe'ye karşı zaferi filler ile nasip etmiyor. Görünüşte fillerden daha küçük olan ebabil kuşları ile zaferi nasip ediyor! Anlıyorsun değil mi azizim, Allah(c.c.) isterse bizde kuşlar filleri yener! Şimdi hangi büyük görünen hüznün kalbinin derinliklerini sarsabilir ki? Böyle kudretli bir

Allah'a(c.c.) inanma şerefine nail olmuşken sen, hangi büyük görünen dert seni ezebilir ki? Sen yeter ki Rabbine sığın, ebabiller sana da yardıma gelecektir. Yeter ki Allah(c.c.) istesin, yeter ki sen Allah'ın(c.c.) sevdiği kullar arasında olabil.

Cenabı Allah, Ahzâp Savaşı'nda inanmayanların üzerine rüzgâr gönderdiğini söylüyor. Allah'ın(c.c.) savaştaki ordularını anlayabiliyor musunuz? Hayır, tam anlamıyla anlayamazsınız, anlayamayız çünkü Cenabı Hakk Müddessir Süresi 31. Ayetinde, "*Rabbinin ordularını kendisinden başkası bilmez.*" diyor. Bu surenin anlamını iliklerinde hissedebiliyorsan, gönlünün daraldığı zamanlarda, etrafına bunlar bana yardım edebilir mi diye baktıklarının değil, Allah(c.c.) kimi yardımcı gönderirse sana onların yardım edebileceğini de anlarsın. Hüzünlendiğin ve gönlünün daralıp kendini küçük hissettiğin zamanlarda, işte tam da bu sureyi hatırla. Demek zafer pek yakın, bunu unutma.

Allah(c.c.) zalimlerin, mazlumlara eziyetine karşı bir süre tanıyor. Tanıyor ki öyle kolayca kurtulamasınlar, öyle kolayca bir tokat ile sıyrılamasınlar. Hani bir insanın yalan söylediğini bilirsiniz ve bilmenize rağmen artık sonunda söyleyecek hiçbir şeyi kalmasın diye, artık karşınızda son noktaya gelebilsin diye ona izin verirsiniz, size anlatır da anlatır ve kendinden emin bir şekilde söylediklerini bitirdiği anda siz ona söylediği bütün yalanların ne kadar da farkında olduğunuzu söylersiniz, işte o anda ip gırtlağına kadar geçer. İşte Allah(c.c.) bu sureyle zalimlerin planlarını uzatmaya izin verirken aslında azap sürelerini de uzatıyor. Bu yüzden, sakın ümitsizliğe kapılma, sakın kendini yalnız sanma. Bil ki açılan her yaradan hesap soracak Yaradan! Ve bu sureyi her hatırladığında hüzünlü kalbine şöyle söyle, bizde Allah(c.c.) isterse kuşlar filleri yener azizim!

Neden Allah ile arana engel koymak yerine
Allah ile aranı düzeltmiyorsun?

Evleneceğim Kişiyi Rüyamda Gördüm

Düşler beynimizin hayal mekanizmasından kaçıp giderken hep yakalamak arzusu içimizi tırmalar durur. Bir dokunabilsek pembe tozlarına siyaha çalmadan, bir görebilsek gelecek günlerin rengini... Uyumadan önce hayaller mi kurar insan, hayallere ulaşma yollarına mı tırmanır? Kaç merdiven daha gerekli o tepeleri aşmak için, hem aşabilmek mümkün müdür? Her aşan Kaf Dağı'nın diğer yüzünü görebilseydi bir anlamı kalır mıydı diye sormadan geçemiyor insan. Sonunu düşünen mi kahraman olamazdı, sonunu bilen mi hengâmından kaçıp sığınıyorum uykuyu var edene.

Bilmek güzel de eğer insan doğru yerdeyse anlamlanıyor. Her doğrunun her yerde söylenmeyeceği gibi her bilinen de her yerde işe yaramıyor. Açsam bir kitabı, son paragrafı ilk sayfasında yer alsa ne önem taşıyabilir ki? Hem eğer asıl can alıcı yerler bilinmeyen sonlar olmasaydı insanların müptela oldukları diziler de her seferinde sondan başlamak zorunda kalmaz mıydı? Her şeyin sonu aslında başı olsaydı ne olurdu bu hayat, insan düşünmekten bile kaçıyor. İnsan hiçbir şey yaşayamazdı bilinen sonlar içinde. Hem hep netice önemli değildi ki, bazı yarışmalarda öyle demiyorlar mıydı, sonuçta önemli olan katılmaktı diye. Ya da bu kaybedilince mi söyleniyordu? Peki, hayatın sonunu merak etme macerası içinde size desem ki, 10.000 dolar karşılığında 10 yıl sonra nerede olacağınızı, hangi işi yapacağınızı, kimle nasıl olacağını söyleyeceğim. İster miydiniz?

Evet, seslerini duyar gibiyim. Peki, sonunu bildiğiniz bir filme gitmek ister miydiniz?

Hiçbir anlamı kalmıyor değil mi, o zaman şimdi cevapları, 10 yıl sonra ne olacağını da bilmek istemezdim ile değiştirebiliriz. Nasıl insan sonunu bildiği bir film için ilgisini yitiriyor, aynen öyle, 10 yıl sonra nerede, nasıl olacağımızı bilmek hayatın bütün yaşanılacak anlamını da öyle kaçırıyor. Sonu bilinen bir film hiç de cezbedici olmuyor. Arkası yarın demek, bir şeyin yarıda kesilmişi bitmişinden daha çok akılda kalıyor. Mesela Zeigarnik denilen adam ilk başta garsonları izliyor ve görüyor ki, garsonlar siparişi getirene kadar neler istenildiğini aklında çok iyi tutuyorlar ama sipariş geldikten sonra bırakın siparişi, adamı bile unutup gidiyorlar. Zeigarnik de diyor ki, demek ki yarım kalmış, devamı olan, arkası yarın olan bir şeyi hatırlamak akılda daha çok kalıcı oluyor. Hani tam böyle, dizi izliyoruzdur, kahramanımız balkondadır ve arkasından bir gölge yaklaşır. Hatta gölgeden anlarsın ki elinde bıçak vardır ve kahramanımız birden sırtından itilir, tam o sırada dizi kesilir.

To be Continued! Devam edecek de ne zaman edecek, cevap bir sonraki hafta ve sen devamını öğrenmek için ne yapacaksın, elbette bir sonraki haftayı bekleyeceksin çünkü böylesi daha heyecanlı. Bu yüzden, bir insan geleceği ile ilgili bütün meseleleri bilse şu anki gibi, yarın ne olur, Rabbim nasıl yardım eder, arkası yarın olan meseleler ne olur diye zihin uyanık olmaz. Hep zihninde bir şeyler tutma ihtiyacı hissetmez, hatta cennetini/cehennemini görür "aman be" der, bir koltukta ömrünü geçirir. İnsanlarda devamında ne olacak hissi, gerçekten merak güdüsünü harekete geçiren bir his olduğundan dolayı devamlı olarak da geleceğini merak eder. Devamında ne olacak, ilerde hangi işe gireceğim, acaba işimde maaşım nasıl olacak ve bu sorulardan en temeli de acaba evleneceğim insan kim olacak? Hatta ben evleneceğim insanı rüyamda görebilir miyim? İşte birçok insan merakından dolayı evleneceği insanı rüyasında görmek istiyor. Bir gece merak ederken uyuya kalayım ve uyandığımda rüyamdaki o kişiyi enine boyuna apaçık görmüş olayım istiyor. Bunun için de başvurduğu yol istihare! İstihare, hayır kökünden geliyor, yani her türlü iyi şey kökünden geliyor. Köküne biraz daha yoğunlaşırsak istihare duası, istihare namazı diye, yani sürekli hayırlı olan bir şey vardır ve senin onu talep etmen manasına geliyor. Ancak maalesef istihare algısı toplumda çok yanlış bir yer edinmiştir.

İstiharede renk ve kişiyi görme yoktur. İstihare hakkında bilinen bu yanlışlar şu an günümüzde evlilik hayatlarına kadar büyük etkiler doğuruyor. İstiharede, bilinenin aksine, cesaret hissinin kabulü vardır. Eğer Allah(c.c.) kabul etmiş ise uygun olan noktada kalbe cesareti verir. İstihare, sadece ve sadece helal konularda yapılabilir. Ancak bundan önce de üç aşamalık bir karar verme süreci vardır, birinci adım aklın, zekânın, yani kritik zekânın kullanılma aşamasıdır. Yani kişinin zekâsı ile tercih yapacağı şeylerin hikmetli-hikmetsiz, haram-helal olduğunu anlaması lazım. Konuyu önce güzel bir fizibilite raporuyla ayırması gerekir. İkinci aşama ise benzer bir kökten gelen istişare aşamasıdır. Yani birincide akıl ile haram-helal diye ayırdıklarımızdan sonra helal ise bu konuyu aklıselim ve işin ehli biriyle de konuşmak gerekir. Mesela düşünelim ki bir araba alacağınız zaman önce aklınızı kullanırsınız, sonraki aşamada elinizde kalan iki üç arabayı işten anlayan biriyle konuşursunuz ve karar verirsiniz, işte bu istişaredir. Üçüncü aşama ise, en son olarak artık bu mu olsun şu mu derken hissetmek istenilen o gönül rahatlığı anında devreye girer. Hani bir yere gönlünüz meyil eder ama cesarete ihtiyacınız vardır, işte istihare tam da burada devreye giriyor. Ancak maalesef bu üçüncü aşamanın çok yanlış kullanım alanları var. "Ya bir tane ev almak istiyorum da yerine karar veremedim istihare edeyim." olayı yoktur. Ne yapacaksın yani o evin nerede olduğunu, hangi internet sitesinde olduğunu göreceğini mi sanıyorsun, karşına rüyanda internet linki mi çıkacak? İstihare kesinlikle bu demek değildir. İstihare için önce iki rekât nafile namazı kılınır, Arapça olarak istihare duası edilir ve uykuya yatılır. İstiharenin neticesi gönlün rahat olmasıdır, bu da karar verme cesareti olarak sirayet eder. Peki, tersten bakalım şimdi de, seçtiğimiz kararın hayırlı olmadığını nasıl anlarız? Cenabı Allah burada da size kendinizi çok huzursuz hissettirir. Yani istiharenin sonucu ya cesaret vermesi ya da huzursuz hissettirmesidir. Bu yüzden, işin temel kısmı rüyalar kısmında başlar. Rüya tabii ki Mü'minler için bir ilham kaynağıdır, ancak karar vermek için asla bir disiplin değildir. Rüya bu konuda motivasyon ve cesaret kaynağından başka bir şey değildir. Mesela düşünelim ki istihare yaptınız, ancak kendinizi yeterince cesaretli hissetmiyorsunuz, o zaman bu ne demek? Kendinizi yeterince cesaretli ya da huzursuz hissedene kadar tekrar tekrar istihare yapmanız gerek demektir. Sonuçta bu bir ibadet ve biz sevap kazanıyoruz. Eli boş dönmek yok çaldığımız bu kapıdan. İstihare yapılmasına rağmen ilkinde sonuç alamayanlara karşı Abdullah Bin Zübeyr bir rivayetinde, bir karar için istihareye yattığını ve üç defa tekrarladığını, üçüncüsünde ise kendini çok cesaretli hissedebildiğini söylüyor. İstihare için bir de şöyle bir konu var ki, "Başkası benim için istihareye yatabilir mi?" diye düşünülüyor. Aslında buradaki kişi bir nevi kendi adına istihare yapılmasını isterken, ben çok iyi bir insan değilim, beş vakit namazım bile yok, bir sürü de günahım var, o yüzden sen benden daha takvalı birine benziyorsun, sana zahmet benim için bir istihareye yatsan, demiş oluyor. İnsan aslında şöyle düşünmeli, madem sorun burada ve bir takva problemi var, hani madem karşındakini kendinden daha fazla, kendini de daha düşük görüyorsun, neden Allah(c.c.) ile arana bir engel daha koymak yerine Allah(c.c.) ile aranı düzeltmiyorsun? Birinci elden çalınan bir kapının kıymetini sırtlanıp ben kendim geldim diyebilmek gerekir. Bizler filmin sonunu bilmek istemeyip filmin sonu için çabalama ironisine girsek de bilmemiz gereken bir şey var ki, yönetmen bütün filme hâkim. Demek ki hayat filmimizin başını, ortasını, sonunu bilen Cenabı Allah'a nasıl bir şeyleri öğrenmek için müracaat ediyorsak, aynen öyle de sonucunu, takdirini Allah'a(c.c.) bırakmak ve asıl önemli olanın Allah(c.c.) ile aramızda duvarlar örmemek olduğunu anlamamız gerekir. Bu yüzden, "Ya Rab, dualarımın kabul olmasını engelleyen tüm günahlarımı affeyle ne olursun!" duasına sığınalım, günahlarımızın ördüğü duvarlar sökülür ise aşılmak zorunda kalınan bir tepe de kalmamış olur. Ne olacak, nasıl olacak deryasından uyanıp bir yağmurun damlalarının düşüş teslimiyetinde Rabbimizden hayırlısını isteyelim. Başımıza ne gelecekse o hayırlısı olsun, işte o zaman gelen de bizden, giden de bizden olur.

Sen hayırla bekle, gelecek olan Allah'ın(c.c.) iznini sırtlanıp gelecektir elbet. Sen doğru durakta bekle, inecek olan Allah'ın(c.c.) emriyle gelecektir elbet. Yeter ki hazer et, dikkatle bas, bir heveste batıp da kaybolma. Gelen, Allah'ın(c.c.) yolunun hayrını getirecektir elbet. Sonrası mı? Sonrası "Kün Fe Yekün"... Sonrası, Allah(c.c.) ne isterse o olur elbet..